世界少年经典文学丛书

开门的钥匙

[丹]安徒生　著

李薇薇　编译

中国出版集团　现代出版社

图书在版编目（CIP）数据

开门的钥匙／（丹）安徒生（Andersen，H. C.）著；李薇薇编译.
—北京：现代出版社，2013.2 （2025.1重印）
ISBN 978－7－5143－1264－5

Ⅰ．①开… Ⅱ．①安… ②李… Ⅲ．①童话－丹麦－近代－缩写
Ⅳ．①I534.88

中国版本图书馆 CIP 数据核字（2013）第 021158 号

作　　者	安徒生
责任编辑	刘　刚
出版发行	现代出版社
通讯地址	北京市安定门外安华里 504 号
邮政编码	100011
电　　话	010－64267325　64245264(传真)
网　　址	www.xdcbs.com
电子邮箱	xiandai@ cnpitc. com. cn
印　　刷	三河市嵩川印刷有限公司
开　　本	700mm×1000mm　1/16
印　　张	9
版　　次	2013 年 2 月第 1 版　2025年1月第 4 次印刷
书　　号	ISBN 978－7－5143－1264－5
定　　价	39.80 元

序　言

　　孩子是未来的希望，是父母心中的天使，是充满快乐的精灵。小学阶段更是孩子最快乐的时光，是孩子成长发育的黄金阶段。为了让孩子学习更多的课外知识，享受更加丰富的学习乐趣，我们策划了本丛书！

　　从小让孩子多读课外书，对培养孩子健康的心态和正确的人生观无疑将起着非常重要的作用。自《语文课程标准》公布以来，不少富有敬业精神、有才干的教师，在他们的教学中，担当起阅读教育的重担。他们在严谨的选材中，利用丰富的文学资源，向学生推荐了大量优秀的课外读物，实施了以"练成阅读和作文的熟练技能"为重要内容的阅读教育。大千世界充满了丰富的知识。阅读能丰富小学生的语文知识，增强阅读能力，提高写作水平，开阔视野，增长智慧。阅读本丛书，能够使孩子享受到阅读的快乐，激发起更浓厚的阅读兴趣，孩子的生活将充满新的活力与幸福！本丛书精选了世界名著和中国经典书目中流传最广、影响最大、最脍炙人口的作品，是培养小学生理解能力、记忆能力、创造能力的最佳课外读物。

　　最后需要指出的是，本丛书把世界上流传甚广的经典童话、寓言等也尽收其中，并将这些文学作品重新编写审订，使作品在不影响原著的基础上更适合少年儿童阅读，在丰富他们课余生活的同时提高语言和文字表达能力。本丛书通过科学简明的体例、丰富精美的图片等有机结合，使小读者不仅能直观地领略作品的精髓，而且还能获得更为广阔的文化视野和愉快体验。希望本丛书能成为孩子生活的一缕阳光照亮孩子前进的道路，能成为一丝雨露滋润孩子纯净的心灵。

编　者

目　录

烛

很久很久以前有一支粗蜡烛。它很清楚自己的价值。

"我是用蜡做出来的，"它说。"我可以发出强烈的光，而且燃烧的时间也比会别的蜡烛长。我本来应该插在银烛台上或枝形烛架上！"

牛油烛说："这种生活一定很有趣！我不过是用牛油做的一种普通蜡烛，但我常常这样安慰自己，我总认为比一枚铜板买来的那种小烛要好很多：这种小烛只浇了两次蜡，但我却浇了八次才能有这样粗。我感到非常满意！当然，出身于蜡要是比出身于牛油好得多，但是一个人在这世界上的地位并不是可以自己选择的。你是放在大厅的那种玻璃枝形烛台上，而我却只是待在厨房里——但是这也是一个不错的地方，因为全家的饭食都是在这儿做出来的！"

蜡烛说："不过还有一件东西比饭食更重要，是社交！请看看社交产生的光辉和你自己在社交中所射出的那些光辉吧！今晚有一个舞会，不久我将要和我整个的家族去参加了。"

所有的蜡烛在话音刚落就被拿走了，这支牛油烛也一同被拿走了。太太用她细嫩的手，亲自拿着它，把它拿到厨房里去。这儿有一个很小的孩子提着满满一篮的洋山芋，里面还有三四个苹果。这些东西都是这位好太太准备送给这个穷孩子的。

"还有一支烛送给你，亲爱的小朋友，"她说，"你的妈妈会坐着工作到深夜，这对她有很大作用！"

这家的小女儿正站在一旁。当她听到"到深夜"这几个字的时候，她就非常兴奋地说："我将也要呆到深夜！我们会准备一个舞会，我会戴上那个大红蝴蝶结！"

她的脸上是多么漂亮啊！这是因为她感到极其高兴的缘故！什么蜡烛

也都不如孩子那两颗眼睛所射出的光辉！

牛油烛想："这副模样真叫人看起来感到幸福！我永远也忘记不了这副样儿，当然我也不再有机会看到它了！"

于是它就被放进竹篮子，盖上盖。孩子就把它带走了。

牛油烛想："我现在会到哪儿呢？我将会到穷人家里去，可能我最后连一个铜烛台都没有。但是蜡烛却可以坐在银烛台上，去观看一些大人物。为那些大人物发出光来是多么自豪的事情啊！但我命中不是蜡，注定是牛油！"

这样，牛油烛就来到穷人家里：三个孩子和一个寡妇住在这位富人家对面的一间又矮又小的房子里面。

"那位好心的太太送我们这些好礼物，愿上帝保佑她！"妈妈说，"这根牛油烛真是可爱！它可以一直亮到深夜。"

接着这支牛油烛被点着了。

它说："呸！呸！她拿来那个用来点着我的那根火柴，气味真是坏透了！如果在那个富人家里，人们是肯定不会给蜡烛这等待遇的。"

那里的蜡烛也点燃了，它们的亮光一直射到了街上。马车载来许多参加舞会的高贵客人。音乐也演奏起来了。

牛油烛幻想着，"对面舞会已经开始了！"同时想起了那个有钱的小姑娘的那发光的面孔——它比所有的蜡烛都亮。"那副模样儿我永远也不会再看见了！"

这个穷人家是最小的那个小孩子——那个小女孩——走过来搂着她姐姐和哥哥的脖子。她有一件十分重要的事情打算告诉他们，所以她必须低声讲："猜猜看吧！——我们今晚将会有——我们今晚将会有热的洋山芋吃！"

牛油烛正照着这副小脸，她脸上立刻折射出幸福的光彩来，它看到了一种像那些富人家所拥有的幸福，一种快乐——那儿的小姑娘说："今晚我们会有一个舞会，我会戴上那个大红蝴蝶结！"

牛油烛想："能戴上蝴蝶结跟得到热洋山芋吃是同等重要的，这儿的孩子们也会感到同样的欢乐！"想到这儿，它就打了一个大喷嚏，这也就是相当说，它开始发出噼噼啪啪的声音来——牛油烛现在所能做到的事情大概也就只有这一点了。

　　桌子铺好了，热洋山芋也被大家吃掉了。呵呵，味道真香啊！这简直就像是打一次牙祭。除此之外，每人还分得了一个苹果。那个最小的孩子不禁唱出一支歌曲来：

> 好上帝，我感谢你，
> 你又送给我饭吃！
> 阿门！

　　小家伙天真地问："妈妈，你认为这支歌的歌词好不好？"

　　"你不应该问出这样的话，也不应该说出这样的话！"妈妈说。"你只能在心里面想着好上帝，他给你饭吃！"

　　每人得到一个吻，小家伙们都上床了，然后大家就睡着了。妈妈坐在那里缝着衣服，一直缝到深夜，目的只是要养活这三个孩子和她自己。在对面那个富人的家里，蜡烛点得非常亮，音乐也很热闹。星星在所有的屋顶上照着——在富人的屋顶上和在穷人的屋顶上，同样光明和快乐地照着。

　　牛油烛说："这真是一个美丽的夜晚！我倒很想知道，插在银烛台上的蜡烛是不是也能遇到比这还美丽的晚上。在我还没有点完以前，我还真想知道个究竟呢！"

　　于是它想到了这两个幸福的孩子：一个被蜡烛照亮着，另一个被牛油烛照着。

　　就这样，这就是整个的故事！

最难令人相信的事情

谁可以做出一件最难令人相信的事情，谁就可以得到他的半个王国和国王心爱的女儿。

年轻人——甚至还有年迈老人——都为这事绞尽了脑汁。有一个人喝得醉死了，有两个人竟把自己啃死了：他们都是照自己的一套办法来做出最难令人相信的事情，但是那种做法都不符合要求。街上的小孩子都在练习向自己背上吐唾沫——他们都以为这就是最难令人相信的事情。

有一天，有一个展览会在那开幕了，会上每人都会去表演一件最难令人相信的事情。裁判员全是些从三岁的孩子到九十岁的老人中精心挑选出来的。大家所展出的最难令人相信的事情的确是不少，但是大家马上就取得了一致的意见，都认为最难令人相信的一件东西就是一座有框子的大钟——它里里外外的设计都非常让人吃惊。

它每敲一次钟就有活动人形跳出来指明时刻。那样的表演总共有十二次，每次都会出现一个能说能唱的活动人形。

人们说："这是最难令人相信的事情！"

钟敲第一下，摩西就站在山顶上，在石板上写下了第一道圣谕："只有一个真正的上帝。"钟敲两下，伊甸园就出现了：亚当和夏娃两人在这儿相会，他们俩很幸福，他们虽然两人连一个衣柜都没有，裙带上他们也没有这个必要。

在钟敲三下时，东方就出现了三王。他们之中的一位黑得像炭，但是他对此也没有办法，因为是太阳把他晒黑了。他们带来珍贵和贵重的物品。

钟敲第四下，四季出现了。春天带来一只布谷鸟，它栖在一根含苞的山毛榉枝上；夏天带来蟋蟀，它栖在一根熟了的麦杆上；秋天就带来鹳鸟的一个窠——鹳鸟却都已经飞走了；最后冬天带来一只老乌鸦它栖息在火炉的一旁，讲着古老的故事和旧时的回忆。

在钟敲五下的时候"五官"出现：视觉变成了一个眼镜制造匠；听觉变成了一个铜匠；嗅觉在卖车叶草和紫罗兰；味觉此时是一个厨子；现在感觉是一个马上要承办丧事的人，他穿的黑纱一直拖到脚跟。

钟敲了六下，出现一个赌徒正在坐着掷骰子：而且最大的那一面此刻朝上，上面显示是六点。

接着是一星期的七天，或者出现了，七大罪过——人们不知道究竟到底是谁：他们都是半斤八两，不容易识别。

于是一个僧人带来了圣诗班，他们在唱晚间八点钟的颂歌。

九位女神随着钟敲九下到来了：一位管理历史文件，一位是天文学家，其余的似乎跟戏剧有关。

钟敲十下，摩西带着上帝的戒条又来了——上帝的圣诣就在这上面，总共有十条。

钟又敲起来了，女孩子和男孩子在跳来跳去，他们一边在玩游戏，一边在唱歌：

> 滴哒，滴哒，滴滴哒，
> 钟敲了十一下！

钟随后又敲了十二下，守夜人拿着"晨星"、戴着毡帽来了。他正唱着一支古老的守夜歌：

> 这恰好是半夜的时辰，
> 我们的救主已经出生！

在他正唱的时候，玫瑰花就长出来了，瞬间变成一个安琪儿的头，此刻被托在五彩的翅膀上。

看起来真是美丽，这听起来真是兴奋。这是最难令人相信的无比的艺术品——大家都是议论着。

制作它的艺术家是一位年轻人。他的心地好，像孩子一样的快乐，他是一个忠实的朋友，他非常喜欢他穷苦的父母。他应该得到半个王国和那位漂亮公主。

评判的一天终于到来了，全城都在那里张灯结彩。公主也坐在王座上——坐垫里被新添了马尾，但这并不能够让人觉得更愉快或更舒服。四周的裁判员狡猾地对那个即将要获得胜利的人望了一眼——这人显得十分有把握和高兴：他肯定是幸运，因为他可以创造出一件最难令人相信的东西。

这时一个又壮又粗的人大声说。"嗨，现在轮到我了！我才是做一件最难令人相信的事情的人呢！"

之后他对着这件奇妙的艺术品就挥起一把大斧头。

"啪！嘛！哗！"全都完了。齿轮和弹簧到处乱飞，一切都被毁掉了！

这人说："这只有我才能干得出来！我的工作打倒了他的和每个人的工作，我做出了最难令人相信的事情！"

裁判员说，"你竟把这样一件艺术品毁掉了！这确实是最难令人相信的事情！"

在场的所有人都说着同样的话。他将得到半个王国和公主，因为一个诺言毕竟就是一个诺言，即使它最难令人相信也罢。

喇叭在城楼上和城墙上这样宣布："婚礼即将举行！"公主并不觉得很高兴，不过她的样子十分可爱，衣服穿得也很华丽。教堂里此时都点起了蜡烛，在黄昏中显得格外好看。城里的一些贵族小姐们，一面扶着公主走出来，一面唱着歌；骑士们也一面唱着歌，一面伴着新郎。他摆出一副盛气凌人的架子，好像谁都打不倒他似的。

现在歌声停止了。非常静，连一根针落到地上都可以听见。但是在这沉寂之中，忽然教堂的大门嘎的一声打开了，于是——砰！砰！钟的各种配件在走廊上走过去了，停在了新娘和新郎中间。我们都明白，死人是不能再站起来走路的，但是一件艺术品却是可以重新走路的：虽然它的身体被打得粉碎，但是它的精神是非常完整的。艺术的精神在显灵，而这决不只是开玩笑。

这件艺术品活生生地站在那儿，好像它是十分完整的，从来没有被损坏过似的。钟在不停地敲着，一直敲到了十二点。那些人形都慢慢走了出来：第一个是摩西——他的头上似乎在发出火光，他将刻着诫条的石块扔在新郎的脚上，就把他压在地上。

摩西说："我不能把它们搬开，因为你打断了我的手臂！那请你就呆在这儿吧！"

接着夏娃和亚当、东西方的圣者和四季都出来了。他们每人都说三个字："你羞呀！"

但是他一点也不觉得害羞。

那些在钟上每敲一次就出现的人形，都可怕地变得庞大起来，让真正的人基本上都没有地方可站得住脚。当钟敲到十二下的时候，守夜人就戴着毡帽，拿着"晨星"走了出来。这时又掀起了一阵惊人的骚动，守夜人阔步走到新郎身边，用"晨星"痛打他的额头。

他说："躺在这儿吧，一报还一报！我们如今报了仇，那位艺术家也报了仇！我们要走了！"

整个的艺术品都消失了；不过教堂四周的蜡烛却变成了大朵的花束，同时天花板上的金星也射出明亮的、细长的光线来；风琴自动地奏起乐来。大家都说，这是他们从来都没有看见过的一件最难令人相信的事情。

公主说："请你们把那位真正的人才召进王宫来！那位制造这件艺术品的人才能够做我的丈夫和主人！"

于是他走进教堂里来，所有的人都成为了他的随从。大家都祝福他，大家都十分高兴。没有一个人去嫉妒他——这的确是一件最难令人难忘的事情！

全家人讲的话

全家的人都讲了些什么呢？唔，咱们先听听小玛莉说了什么吧。

这天是小玛莉的生日，她认为这是所有的日子中最美好的一天。她所有的男女小朋友们都来和她一起玩耍；她穿着特别漂亮的衣服，这是她祖母送给她的。祖母已经到善良的上帝那儿去了，但是在她走进美丽和明亮的天国之前，她就已经都把衣服裁好了，做好了。

华丽的礼物摆满了玛莉房里的桌子：有设备周全的十分整洁的厨房，还有一个可以转动眼睛和在肚皮上一按就可以说声"噢！"的木偶，此外还有一本画册，里面可以读到最美丽的故事——如果你能够读书的话！然而比所有的故事还要美好的是，可以过许多生日！

"活着本身就是件美好的事情！"小玛莉说。

干爸爸还说了一句，即：活着本身就是个最美丽的童话。

她的两个哥哥住在邻近的一间房子里。他们都是大孩子，一个十一岁，一个九岁。他们也认为活着是很美好的——按自己的方式活着，而不是如玛莉这样的孩子活着；或者是像一个活泼的小学生那样活着：通知书上品行写着"优等"，和同学痛快地比比力气，在冬天的时候滑冰，在夏天骑脚踏车，阅读关于城堡、地牢和吊桥的故事，聆听关于非洲中部的探险。不过有一个孩子却有一种特别不安的情绪：

他担心在他没有长大以前，所有东西就已经被发现了。他非常希望自己去做一番冒险。以前干爸爸说过，活着是一个最美丽的童话，而且人自己本身就在这个童话里面。

这些孩子住在一层。这家族的另一分支住在更高的一层楼上，他们也有小孩，不过都已经长大了：一个有十八岁，另一个有二十一岁，但是第三个，按照小玛莉的想法，要算年纪最大——他现在已经有二十五岁了，并且还订了婚。

他们的境况都很不错：他们的父母很好，衣服不错，能力也好。他们知道自己的目的："向前进！打倒所有旧的障碍！把整个世界自由地摊开来看一看——这才是我们所认为最美好的事情呢。干爸爸说得很对，"本身生活就是一个最美好的童话！"

妈妈和爸爸都是上了年纪的人——他们的年纪自然要比孩子要大一些的。他们的嘴角上洋溢着微笑，心里和眼睛也藏着微笑，他们说：

"这些年轻人，他们不是很年轻！世界上的事情并不总是如他们想象的那样在发展。生活本身就是一个奇怪而又可爱的童话！"

干爸爸住在最顶层，最接近天空——大家都是这样形容住在顶楼上的人。他现在已经老了，可是精神却十分年轻。他的心情总是很好，他会讲的故事是又长又多。他周游过了整个世界，他的房间里陈设着各国可爱的东西：从地板到天花板整个都挂满了画；有些窗子的玻璃是红的，有些是黄的——如果人们向里面望，不管外面的天气如何阴沉，世界总像是充满了阳光。

一个大玻璃盆里种着绿色的植物；在这盆栽的另一边，有几条金鱼现在正在游泳——它们望着你，仿佛它们知道太多的事情，而再现出并不屑于和人讲话似的；冬天这儿甚至都有花的香味；炉子里的火熊熊地燃着。坐在这儿望着火，发着呆，听它烧得噼哩叭啦的响，真是十分有趣。

"这让我回忆起许多过往，"干爸爸说。小玛莉也看见火里似乎出现了许多景像。

在旁边的一个大书架上放着许多真正的书。其中有一本是干爸爸常阅读的，他称它为书中之书，事实上这是一部圣经。在绘图里，整个的人类历史和整个的世界都被描绘出来了——洪水、王国以及王国中的国王。

"所有已经发生过还有即将要发生的事情，这书里都有！"干爸爸说。"一本书里涵盖了所有内容！的确，请想想看！人类所祈求的所有东西，主祷文用几句话就说清楚了：'我们的天父！'那是慈悲的水滴！这是上帝赐予我们的珠子。它是放在孩子摇篮里，放在孩子心里的一件特别好的礼物。小宝贝，好好地把它保藏着吧！不要遗失它，无论你长得多大，那么在变幻无穷的道路上你就不会迷失方向！有它照着你，你就不会迷路了!"

说到这儿干爸爸眼睛就立刻亮起来了,也射出让人觉得快乐的光辉。这双眼睛曾经在年轻的时候哭过。"那也是很美好的,"他说,"那时正是煎熬的时候,一切都显得十分灰暗。现在我全身上下都有阳光。人一上年纪,在幸福和灾难的时刻中就更能看出上帝是一直和我们在一起,生活其实是一个最美好的童话——只有上帝才能赐予我们这些东西,而且是永远!"

"本身活着就是最美好的!"小玛莉说。

大男孩子和小男孩子也都这样说;全家的人和爸爸妈妈也都这样说。尤其是干爸爸也这样说。他有丰富的生活经验,他是他们当中年纪最大的一个人,他知道所有的童话,所有的故事,而且他说——从心里直接说出来的:"本身生活就是一个最美好的童话!"

舞吧，舞吧，我的玩偶

　　"是的，这就是一支给小孩子唱着听的歌！"玛勒姑妈十分确定地说。"虽然我不反对它，但我却不懂这句'舞吧，舞吧，我的玩偶'这句话的意思！"

　　然而小小年纪的艾美莉却懂得。她现在只有三岁，总是和玩偶一起玩耍，并且把它们教养得像玛勒姑妈一样聪明。

　　常常有一个学生来她家里，他教她的哥哥怎么做功课，他对小艾美莉和她的玩偶讲了很多话，而且讲得和其他人都不同。这位小姑娘喜欢和他玩，尽管姑妈说过他不懂得应该如何跟孩子讲话——小小的头脑是不会装进那么多的闲聊的，然而小艾美莉的头脑却装得进去。她甚至还把那个学生教给她的这支歌全部都记住了，"舞吧，我的玩偶，舞吧！"她还唱给她的三个玩偶听——其中两个是新的：一个是女孩，一个是男孩；第三个是一个旧的，叫作丽莎。她也听这首歌，她甚至就在歌里面呢。

> 舞吧，舞吧，我的玩偶！
> 嗨，正是姑娘美的时候！
> 同样年轻绅士也是美好，
> 戴着手套，也戴着礼帽，
> 穿着蓝色短袄和白裤子，
> 大脚趾上长一个鸡眼疱。
> 他和她正是在美的时候。
> 我的玩偶，舞吧，舞吧！
>
> 这儿是年老的姑妈玛勒！
> 去年开始她就来到这家，

她的头发换上新的亚麻，
用黄油擦了几下她的脸，
她又美得如年轻的时候，
我的老朋友，请过来吧！
请你们三个人旋几圈舞。
看一看这风景就很值钱。

我的玩偶，舞吧，舞吧！
舞步必须跳得合乎节奏！
伸出一只脚，请你站好，
样子要显得苗条和可爱！
一扭，一弯，向后一转，
这就使你变得非常健康！
这个样儿真是非常美丽。
你们三个人全都很甜蜜！

　　玩偶们都知道这首歌，小艾美莉也如此。学生也知道——因为这首歌是他自己编的，他还说这首歌真是美极了。只有玛勒姑妈不理解它。因为她已经跳过了儿童时代的这个时期。"一首无聊的歌！"她说。不过小艾美莉不觉这样。她唱着它。

　　我们都是从她那里听到的。

请你去问亚加玛的女人
很久以前有一个年纪大并且品德不好的胡萝卜，
他的身体是又重又粗而且还笨，
但是他有一股令人害怕的勇气：
他希望和一位年轻美丽的姑娘结婚——
一个既漂亮年轻又小巧的胡萝卜，
她的来历不同凡响，并且还出自名门。
他们于是就结婚了。

宴会的美好真是说不尽，
但是没有花掉一分钱。
大家舐拭着月光，品着露水，
食着花朵上的绒毛——
在田野和草原上这绒毛不知有多少。
老胡萝卜弓下腰致敬，
然后啰啰嗦嗦地演讲了一阵。
他的话语如潺潺的流水一样，
但胡萝卜姑娘没插半句嘴。
她既不叹气，也不微笑，
她还是那么的美丽和年轻。
你要是不相信，
那么就请你去问亚加玛的女人。
红头白菜是他们的牧师，
新娘子的伴娘是白萝卜，
芦笋和黄瓜被当作尊贵的宾客招待，
站在一排的土豆，一起歌唱。
小的和老的都舞得非常卖力，
那么请你去问亚加玛的女人！
老胡萝卜没顾上不穿鞋和袜就跳了起来，
哦，他把脊椎骨跳断了！
所以他死了，再也不会生长了，
胡萝卜新娘就只好大笑了一场。
命运变得真是非常奇怪，
于是她成了寡妇，但是却很愉快：
她想如何生活就如何生活，
想作为少妇，她可以在肉汤里游泳，
她是那么愉快，那么年轻。
假如你不相信，
那么请你去问亚加玛的女人。

海　蟒

很久很久以前有一条出身于很好的家庭的小海鱼，我记不清楚它的名字——只有有知识的人才能告诉你。这条小海鱼有一千八百个姊妹和兄弟，它们都是相同的年龄。它们不认识自己的父亲和母亲。就只好自己照顾自己，整天游来游去的，不过这是件很愉快的事情。

它们有喝不尽的水——一整片大洋都属于它们。因此它们从来不因食物费脑筋——食物就摆在那里。它们喜欢干什么就干什么，想要听什么故事就听什么故事。然而谁也不曾想这个问题。

阳光射进水里，照着它们的周围。照得一切都非常清楚，这简直就是充满了最神奇的生物的世界。有的生物大得特别可怕，嘴巴非常宽，一口竟能把这一千八百个兄弟姊妹都给吞下去。但是它们也没有想过这个问题，因为它们谁都没有被吞过。

小鱼都游在一起，挨得特别紧，像鲭鱼和鲱鱼那样。但是当它们正在水里游过来游过去、什么事情都不想的时候，突然有一条又粗又长的东西，从上面掉到它们的中间了。它发出一种可怕的响声，并且一直在不停地往下掉。这个奇怪的东西越拖越长；小鱼如果一碰到它就会被打得受重伤或粉碎，再也恢复不了。所有的小鱼儿——即使是大的也不例外——从海底一直到海面，都在慌恐地忙着逃命。这个粗大的重家伙却越沉越深，越拖越长，变成许多里路那么长，然后穿过大海。

蜗牛和鱼——一切能够爬、能够游、或者能够随着水流动的生物——都发现了这个可怕的东西，这条不知从哪来的、突然从上面落下来的、巨大的海鳝。

究竟这是一个什么东西呢？的确，我们知道！事实上，它就是有无数里那么长的粗大的电线。人们正在把它安放在美洲和欧洲之间。

只要是电线所落到的地方，居住在海里的合法居民就感到惊恐，掀起一阵骚动。飞鱼冲出海面，拼命地飞向高空。鲂（鱼弗）因为自有一套本领可以在水面上飞过枪弹所能到达的整个射程。别的鱼则向海底钻，它们逃得特别快，电线还没有出现，它们就已经跑得很远了。比目鱼和鳕鱼在海的深处悠然自得地游泳，吃着它们的同类，然而现在也被别的鱼给吓慌了。

有一对海参被吓得更是厉害，它们甚至把肠子都吐了出来。不过它们仍然能活下来，因为它们有这种本领。有许多螃蟹和龙虾从自己的甲壳里冲出来，甚至把腿都扔在后面。

这场惊惶失措的混乱，将一千八百个兄弟姊妹打散了。它们再也不能聚集到一起，彼此也没有什么办法相互认识。它们只有一打留在以前的地方。当它们静待了几个钟头以后，总算是从头一阵恐慌中恢复过来，开始有些感到奇怪。

它们向四周看，向上面看，然后再向下面看。它们相信在海的深处它们看见了那个特别可怕的东西——那个吓住它们、同时也吓住那些大小的鱼儿的东西。据它们亲眼所见，这东西是相当细，躺在海底，然而它们不知道它能变多粗，或者会变得多么结实。它只是静静地躺着，不过它们觉得它可能是在捣鬼。

“这跟我们又没有关系！就让它在那儿躺着吧！”其中一条特别谨慎的鱼说，但是最小的那条鱼仍然很想知道，究竟它是一个什么东西。它是从上面掉下来的，我们一定可以从上面得到确切的消息，由于它们都浮到了海面上。天气十分晴朗。

在海面上它们遇见了一只海豚。它是一个爱耍武艺的家伙，海上的一个流浪汉：它在海面上能翻筋斗。它有眼睛可以看东西，所以它一定看到过和知道一切发生的情况。它们向它请教，不过它总是想着自己以及自己翻的筋斗。它什么都没有看到，因此什么都回答不出来。所以它只是一言不发，显出一副很骄傲的样子。

它们只好去请教一只海豹。海豹只会钻水。它虽然吃小鱼，但它还是相对比较有礼貌的，因为它今天吃得很饱。它知道的稍微比海豚多一点。

“有好几夜当我躺在潮湿的石头上，向许多里路以外的陆地观望时发现。那儿有很多呆笨的生物——他们的语言把他们叫作‘人’。他们总想抓住我们，不过通常我们都逃脱了。我知道怎样逃走，你们刚才所提起的海鳝也知道。海鳝一直是受他们控制着，因为毋庸置疑地，从远古时代起，它一直都躺在陆地上。他们把它从陆地运到船上，然后再把它从海上运到一个特别远的陆地上去。我看见他们碰到过许多麻烦，不过他们却总有办法应付得来，因为它在陆地上时很听话的。他们把它卷成了一团。然后我就听到它被放下水的时候，所发出的那些哗啦哗啦的声音。不过后来它从他们手中逃脱了，就逃到这儿来了。他们使尽一切办法来捉住它，虽然很多手来抓它，但是它还是溜走了，跑到海底去了。我想它现在应该还躺在海底上吧！”

小鱼说：“它倒是很细呢！”

“肯定是他们把它饿坏了呀！”海豹说。“不过它很快就可以恢复，变回它原来强大的身体。我想它应该就是人类常常说起却又害怕的那种大海蟒吧。我之前从来没有看到过它，也从来都不相信它。不过现在我特别相信：“它就是那个东西！”之后海豹就钻进水里去了。

小鱼说：“他知道的事情还真多，他可真能讲！我一直都没有如此聪明过！——只要这不是在说谎！”

那条最小的鱼说：“我们现在可以游下去再调查一下！我们还可以沿路向别人再打听打听！”

“如果不再出现什么别的情况，连鳍都不愿意再动一下，”别的鱼儿一边说一边掉转身就走。

最小的鱼儿说：“不过我要去！”接着它便钻到深水里去了。但是这里离“沉下的那个奇怪的东西”躺着的地方似乎还特别远。小鱼开始在海底朝各方面寻找和探望。

它从来都没有发现过，它所住的世界竟然是如此庞大。结成大队的鲱鱼在游动，亮得如银色的大船；鲭鱼跟在后面，样子显得更加富丽堂皇了。各种颜色的鱼和各种形状的鱼都来了。水母就如半透明的花朵一样，随着水流前后飘动。海底上还长着特别庞大的植物、类似棕榈的树和一人多高的草，每一片叶子上还都附着亮晶晶的贝壳。

小鱼最后突然发现下面有一条长长的黑光，于是它朝它游了过去。但是这既不是缆索，也不是鱼，却是沉下的一艘大船的栏杆。可能因为海的压力太大，这艘船的上下两层断裂成两半。小鱼游进了船仓里。在船下沉的时候，船仓里的许多人都被淹死了，而且还被水冲走了。如今只剩下两个人：有一个年轻的女人直直地躺着，并且怀里还抱着一个小孩。水将她们托了起来，仿佛是在摇着她们。她们好像正在睡觉。

小鱼十分害怕，它一点也没想到，她们是不会再醒过来的话。海藻如蔓藤般悬在栏杆上，悬在孩子和母亲美丽的尸体上。这儿是那么寂寞和沉静。小鱼拚命地游——游到水比较清澈和别的鱼游泳的地方去了。它还没有游远就碰见一条特别可怕的大鲸鱼。

"请不要吞我，"小鱼说。"我什么味儿都没有，因为我太小了，并且我还觉得活着是一种多么大的愉快啊！"

"你为什么跑到这么深的地方来？你的族人为什么没有来呢？"鲸鱼问它。

小鱼于是就谈起了那条很奇特的长鳝鱼来——不论它叫什么。这个奇怪东西从上面沉下来，甚至将海里最胆大的居民都被吓慌了。

鲸鱼说："乖乖！"喝了一大口水之后，它游到水面上来呼吸的时候，它不得不吐出一根巨大的水柱。它说："乖乖！在我翻身的时候，把我的背擦得特别痒的那家伙竟然就是它！我本以为它只是一艘船的桅杆，它可以拿来当作搔痒的棒子呢！但是可惜的是它并不在这附近。不，现在这东西应该躺在很远的地方。我现在无事可干，我倒想去找找它！"

于是它游在前面，小鱼跟在后面——并不是很近，因为有一股激流卷过来，大鲸鱼非常快地就先冲过去了。

它们遇见了一条老锯鲛和一条鲨鱼。那两条鱼也听到了关于这条又瘦又长的奇怪海鳝的故事。因为它们之前没有看见过它，所以也很想去看看。

正在这时有一条鲶鱼也游过来了。

它说"我也和你们一起去吧，"它也是朝向那个方向游。"这条大海蛇如果并不比锚索粗多少，那么我就要一口把它咬断。"于是它张开它的嘴，正露出它的六排牙齿。"我本可以在船锚上咬出一个印迹来，我当然也可以咬断那东西的身子！"

大鲸鱼说："原来如此！我现在明白了！"

它以为它要比别人看事情清楚得多。"请看它如何浮起来，它如何摆动、打卷和拐弯吧！"

但是它看错了。向它们游过来的是一条体积很大的海鳗，有好几个亚伦那么长。

"我从前曾经看见过这家伙！"锯鲛说。"它从来不在海里闹事，向来也不去吓唬任何大鱼的。"

于是它们就向它谈起那条新来的海鳝，同时问它想不想一同去找它。

海鳗问："难道那条鳝鱼比我还要长吗？那样的话这可要出大乱子了！"

其余的鱼说："那是肯定的！我们的数目也很多，完全不怕他。"于是它们就赶忙继续向前游。

就在这时候，突然有一件东西拦住了它们的去路——是一个比它们所有人加到一起还要庞大的怪物出现了。

这东西就像是一座浮着的海岛，但同时又浮不起来。

这是一条年岁很大的鲸鱼。海藻在它的头上长满了，它的背上也堆满了爬行动物——一大堆贻贝和牡蛎，使得它的黑皮上全都是白点。

它们说："老头子，加入我们吧！现在这儿来了一条新鱼，咱们可不能再容忍它。"

老鲸鱼说："我情愿永远躺在这里，让我躺着吧！让我休息吧！是的，啊，是的，的确是的。我正生着一场大病！只有我浮到海面上，去把背露出水面，才会觉得舒服一点！这时庞大的海鸟就会飞过来啄我。它们只要不啄得太深，还是蛮舒服的。有时它们一直啄到我的肥肉里去。你们看！我的背上还箍着一只鸟的全部骨架。它把它的爪子伸得特别深，我沉到海底时，它竟然还取不出来，小鸟于是又来啄它。请看看它的样子，再来看看我的样子！我生病了！"

另一条鲸鱼说："这都是想象！我从来都不生病。鱼是不生病的！"

老鲸鱼说："请原谅我，鲤鱼会出天花，鳝鱼有皮肤病，而我们大家都会感染寄生虫！"

鲨鱼说："胡说！"它不想再拖延下去，其它的鱼也一样，因为它们还有其它的事情要考虑。

终于它们游到电线所躺着的地方。它正横躺在海底,从欧洲一直延伸到美洲,越过了沙丘、石底、泥地、荒凉的海草地带以及整个的珊瑚群。这儿的激流一直在变动,漩涡也在不停地打转,鱼儿成群结队地游泳——它们比我们所看到的那些无数成群地飞过的候鸟还要多得多。这儿有溅水声、骚动声、嗡嗡声和哗啦声——当我们把贝壳放到耳边的时候,我们还可以微弱地听到这种嗡嗡的声音。它们现在就来到了这个地方。

大鱼说:"那家伙就躺在这儿!"小鱼也都跟着随声附和着。

它们还看见了电线,而这电线的头和尾所在的位置都远远超出了它们的视线。

海绵、珊瑚虫和水螅在海底飘荡着,有的贴着地面,有的垂挂着,因此有的一会儿隐没,有的一会儿显露。蜗牛、海胆和蠕虫在海底不停地爬来爬去。巨大的蜘蛛,背上背着满满的整群的爬虫,在电线上迈着沉重的步子。深蓝色的海参——无论这种爬虫到底叫什么,它们是用整个的身体去吃东西的——躺在那儿,好像是在嗅这个海底的新的动物。鳕鱼和比目鱼在水里游来游去,仔细地听来自各方面的声音。海盘车特别喜欢钻进泥巴里去,只把长着眼睛的两根长脚伸展出来。它安静地躺着,打算看这番骚动最终到底会产生一个什么样的结果。

虽然电线一直在静静地躺着,但是思想和生命却在它的身体里活动。人类的思想从它身体内通过。

鲸鱼说:"这家伙真狡猾!它能击中我的肚皮,而我最容易受伤的地方是肚皮!"

水螅说:"让我们摸索前进吧!我有很细长的手臂,我还有特别灵活的手指,我能够触摸它。现在我要将它抓紧一点试试看。"

于是它将它灵巧的长臂伸到了电线下面,然后再卷在它上面。

水螅说:"它并没有鳞!而且也没有皮!我相信它永远都不会养出有生命的孩子!"

海鳗正在电线旁边躺下来,尽量让自己伸长。

它说:"这家伙真的比我还要长!呵呵,不过长并不是非常了不起的东西,一个人要有皮、肚子以及活泼的能力才可以。"

鲸鱼——这条强壮和年轻的鲸鱼——也开始向下沉，甚至沉得比平时还要深很多。

"请问你是植物，还是鱼呢?"它问。"或许你是从顶上落下来的一件奇怪的东西，在我们这生活不下了吧?"

但是电线却什么都没回答——这本来就不是它的事儿。它内部有思想在通过——也就是人类的思想。就是这些思想，在一瞬间，从这个国家传递到那个国家，要跑好几千里。

凶猛的鲨鱼问:"你是愿意回答呢，还是愿意被打断?"别的大鱼也都赶紧随声附和着。"还是愿意被打断? 你是愿意回答呢?"

电线一点都不理会，因为它有它自己的思想。它有思想，这是再自然不过的事情，因为它整个身体充满了思想。

"就让它们把我给打断吧。人们会将我捞起来，再把我连结好。我的许多族人曾经在浅水地带碰到过类似的事情。"

因此它仍然没回答;它有其它的事情要做。它现在正在传送电报;它躺在海底是完全合法的。

这时候，太阳，如人类所说的一样，落下了。天上的云块发出像火一样的光彩——一块比一块美丽。

水螅说:"我们现在可以有红色的亮光了! 我们能够更清楚地看看这家伙——假如这是必要的话。"

鲶鱼说:"看看吧! 看看吧!"同时露出它全部的牙齿。

"看看吧! 看看吧!"旗鱼、海鳗和鲸鱼也一起说。

它们向前一齐冲。鲶鱼跑在最前面，不过在它们正要去咬那根电线的时候，锯鲛误把它的锯顶到鲶鱼的背上去了。那是一个特别严重的错误，鲶鱼再也没有力量去咬了。

现在泥巴里是混乱一团。小鱼和大鱼，蜗牛和海参都在横冲直撞，互相乱打乱咬。电线却始终静静地躺着，做它应去做的事情。

此时，海上是一片漆黑，但是很多的海生物都在发出光来。连都没有针头大的虾子也正在发着光。这真是奇妙得很，但是事实的确如此。

海里的动物都望着那根电线。

"这家伙究竟是不是一件东西呢?"

是的，问题就是这儿。

有一条海象这时来了，人类将它称为海人或海姑娘。这一条是一个"她"的，有两只划水用的短臂、一个尾巴和一个直往下垂的胸脯。她的头上还有许多爬行动物和海藻，但是她却因这些东西并不感到非常骄傲。

"你们想不想了解和知道实情呢？"她说。"我是唯一能够告诉你们有关的人。不过我有个条件：我希望我和我的族人在海底有自由吃草的权利。我和你们一样，也是一条鱼，然而在动作方面我还是一个爬行动物。我就是海里最聪明的生物，我知道一切生活在海里的东西，也了解一切生活在海上的东西。所有从上面沉下来的东西都是死的，或者后来变成死的，不具任何力量。让它在那儿躺吧，它只不过是人类的其中一种发明罢了！"

小鱼说："我相信它不止是如此！"

大海象说："小鲭鱼，不许你讲！"

"丝鱼！"其它的鱼儿说，此外还有更攻击人的话。

海象给它们解释，说这个吓人的、一语不发的家伙不过是陆地上的一种普通发明罢了。另外她还作了一番短短的演说，来说明人类的那些狡猾。

她说："他们想抓住我们，这就是他们唯一的生活目的。他们把网撒下来，在钩上安着饵来抓我们。躺着那儿的这个家伙其实是一条绳。他们真傻，他们以为我们会去咬它！我们才没这样傻！不要动这废物吧，它自己会消失，变成泥巴和灰尘的。上面放下来的东西都是有破绽和毛病的——一文不值！"

所有的鱼儿都说："一文不值！"它们为了表示想法，所以就全都同意海象的意见。

然而小鱼却有自己的看法，"这条又瘦又长的海蟒应该是海里最奇异的生物。我有这种直觉。"

"最奇怪的！"我们人也是这样说的，而且是有理由和把握这样说的。

这条庞大的海蟒，很久以前就曾在故事和歌中被谈到过的。

它是由人类的智慧孕育并产生出来的。它躺在海底，从西方的国家伸展到东方的国家去。它帮人类传递消息，像阳光从太阳传到地球上一样迅速。它也在发展，它的范围和威力在发展，一年一年地逐渐发展。它环绕着地球，穿过大海；它深入一平如镜的水，也深入波涛汹涌的水——在这水上，船就如同在透明的空气中航行一般，可以向下看，看见像各种颜色的焰火似的鱼群。

　　这蟒蛇——一条中层界的带来幸运的蟒蛇——环绕地球一周，可头尾相接。爬虫和鱼硬着头皮向它冲来，它们完全不了解上面放下来的是什么东西：人类的思想，可以用各种不一样的语言，悄无声息地，为了好、或坏的目的，在这条有丰富知识的蛇里流动着。它是所有海里生物中一件最奇特的东西——我们现代的海蟒。

跳蚤和教授

很久以前有一个气球驾驶员，他十分倒霉，他的氢气球突然炸了，于是他落到地上来，摔成了肉泥。两分钟之前，他用一把降落伞把他的儿子放了下来：这孩子真算是幸运，他一点儿伤都没有。他表现出特别大的本领说明他可以成为一个气球驾驶员，然而他没有气球，并且也没有办法弄到一个。

他必须要生活下去，于是他就玩起一套魔术来：他可以用他的肚皮讲话——这就是"腹语术"。他特别年轻，而且英俊。当他留起一小撮胡子和穿戴一身整齐衣服的时候，人们可能把他认成一位伯爵少爷。小姐太太们认为他英俊。有一个年轻女子被他的法术和外表迷到了如此地步，甚至她和他一同到外地和外国的城市里去。他自称为教授在那些地方——他不想有比教授再低一点儿的头衔。

他唯一的愿望是要得到一个氢气球，和他亲爱的太太一起飞向天空中。但是到目前为止，他仍办不到。

"愿望总会实现的！"他说。

"我希望是，"她说。

"我们现在还年轻，况且现在我还是一个教授呢。面包屑也是面包呀！"

她真诚地帮助他。有时她坐在门口，帮他的表演卖票。在冬天这种工作可是一种很冷的事情。有时她也会参与一些节目的表演：他将太太放在了一张桌子的抽屉里——一个特别大抽屉里。她爬进后面的一个抽屉，人们在前面的抽屉里是看不见她的。这给人造成一种错觉。

然而有一天晚上，当他拉开抽屉的时候，她却消失了。她既不在前面的那个抽屉里，也不在后面的抽屉里。整个的房间都找不着她，也听不见她的声音，她有她的一套魔术。她从此再也没有回来，她已经厌倦了她的工作。他也感到腻了，再也没有心情来讲笑话或笑，于是也就没有什么人来看了。收入也渐渐变少了，他的衣服也慢慢变破了，到最后他只剩下了一只大跳蚤——这是他先前从他太太那里继承得来的一笔小遗产，因此他非常喜爱它。他一直训练它，教它举枪敬礼，放炮——不过是一尊很小的炮，还教给它魔术。

因跳蚤教授感到特别骄傲；它自己也感到十分骄傲。它学会了一些新东西，并且它身体里还有着人的血统。它去过很多的大城市，见过公主和王子，并且还获得过他们高度的赞赏。它在招贴和报纸上出现过。它知道它已经出名了，能把一位教授都养活下来，的确如此，它甚至能养活整个家庭。

虽然它很骄傲，又很有名，但是当它跟这位教授一块旅行的时候，在火车上他们总是坐四等的席位——这和头等相比，走起路当然是同等快。他们之间有一种说不出的默契：他们永远都不分开，并且永远不结婚；跳蚤想要成为一个单身汉，而教授仍旧只是一个鳏夫。这两件事情是相当的，没有什么分别。

"如果一个人，在一个地方获得了特别大的成功以后，"教授说，"他就不适合再去那儿第二次！"他是一个会识别人物思想的人，并且这也是一种艺术。

最后他几乎走遍了所有的国家，只剩下野人国他还没有去过——因此他决定现在就到野人国去。然而在这些国家里，人们真的会把信仰基督教的人给吃掉。教授了解这事情，由于他并不是一个真正的基督教徒，而跳蚤也不相当于一个真正的人类。因此他觉得他们可以到那些地方去，去发一笔财。

他们坐着帆船和汽船去。跳蚤表演它所有的花样，于是他们在整个的旅程中没有花一分钱就来到了野人国。

那儿的统治者是一位特别小的公主。她仅有六岁，但是她是统治者。这是她从父母的手中拿过来的权力，虽然特别任性，但是又分外的美丽。

跳蚤立刻就举枪敬礼，放了炮。她对跳蚤一见钟情，她说，"除了它之外，我谁都不要！"于是她热烈地爱上了它，并且她在还没爱上它之前就已经开始疯狂起来了。

"可爱的、甜蜜的、聪明的孩子!"她的父亲说,"我们只希望能叫它先变成一个人!"

"小老头,这不关你的事!"她说。作为一个公主,这样的话说得很不礼貌,尤其是对自己的父亲,然而她已经疯狂了。

她将跳蚤放在她的小手中。"现在你也是人,和我一起来统治,不过你要听我的话办事,不然我就杀掉你,吃掉你的教授。"

教授获得了一间很大的房子。墙壁全部都是用甜甘蔗编的——他可以随时去舔它,虽然他并不是很喜欢吃甜东西。他在一张吊床上睡觉。这倒有些像是他躺在一直渴望着的那个氢气球里面呢,那个氢气球一直都萦绕在他的脑海里。

公主跟跳蚤在一起时,跳蚤不是坐在她的小手上,就是呆在她柔软的脖子上。她从头上拔下来一根头发,教授就用它绑住跳蚤的腿。这样,她就能把它系在她珊瑚的耳坠子上。

对于公主来说,这是一段非常快乐的日子。她想,跳蚤应该也是同样的快乐吧。可是这位教授却颇有些不安。因为他是一个旅行家,所以他喜欢从这一个城市旅行到另一个城市去,喜欢看到在报纸上人们把他描写成一个怎样聪明,怎样有毅力,怎样能把人类一切的行动如何教给一个跳蚤的人。他躺在吊床里打盹,吃着丰富的美食:新鲜的蔬菜,长颈鹿肉排,由于吃人的生番不能只靠人肉而生活——人肉不过是一道好菜罢了。母后说:"孩子的肩肉,加上最辣的酱油,是最好吃的食物。"

教授慢慢感到有些烦了。他希望能离开这个野人国,然而他得带走跳蚤,因为它是他的生命线和一件奇宝。他如何才能做到呢?这倒不太简单。

他动用他的一切智慧来寻找办法,于是他说:"我想到办法了!"

"公主的父亲,请让我有份差事吧!我想让全国人民都学会举枪敬礼。这在世界上的一些大国里叫作文化。"

"你可以教给我什么呢?"于是公主的父亲说。

教授说:"我最大的艺术是放炮,让整个的地球都摇晃起来,让所有最好的鸟儿落下来时都被烤得特别香! 这只需轰一声就可以了!"

公主的父亲说："那就把你的大炮拿来吧！"

但是在这里全国上上下下都没有一个大炮，就只有跳蚤带来的那一尊炮，不过这尊炮未免也太小了。

教授又说："我来制造一门大炮吧！你只需给我提供材料：以及需要做氢气球用的绸子、线和针，细绳和粗绳，还有气球所需的灵水——这可以令气球鼓胀起来，变得特别轻，从而能向上升。在大炮的腹中气球就会发出巨大的轰声来。"

他得到了他所要求的所有东西。

全国上下所有的人都来观看这尊大炮。在这位教授还没有把氢气球吃足气并且准备上升以前，不喊他们。

跳蚤坐在公主的手上，在一旁观看。现在气球装满气了，它变得鼓了起来，它是那么狂暴，控制不住。

"我得把它升向空中去，好让它冷却一下，"教授说，同时坐进了吊在它下面的一个篮子里。

"不过单独我一个人是无法驾御它的，我需要一个比较有经验的助手来帮助我。然而这儿除了跳蚤以外，谁都不成！"

公主说："我不同意！"但是她仍把跳蚤交给了教授。于是它就坐在教授的手中。

他说："请放掉绳子和线吧！现在氢气球马上就要上升了！"

大家还以为他要说："发炮！"

于是气球越升越高，一直升到云层中去，从野人国离开了。

那位小公主和她的母亲、父亲以及全部的人群都站在地面上等待，他们直到现在还在等待呢。要是你不相信，你现在就可以到野人国去看看。那里的每个小孩子都还在谈论着关于教授和跳蚤的事情。他们认为，等大炮冷却了以后，这两个人还会回来的。但是他们一直没有回来，现在他们和我们一起坐在家里。他们在自己的国家里，坐在火车的头等舱——不是四等舱。他们走运了，有一个特别大的气球，谁都没有问他们是怎样和从什么地方获得这个气球的。教授和跳蚤现在都是有名望的富人了。

老约翰妮讲的故事

风儿在老柳树里呼呼地叫着。

这听起来像一首歌，风儿哼出它的调子，树儿讲出了有关它的故事。如果你听不懂它的话，你就去问一个住在济贫院里的约翰妮吧。她会知道的，因为她是在这个地方出生的。

很多年以前，这地方有一条公路，当时这株树就已经非常大、非常引人注目了。它现在仍旧立在那块老地方——在裁缝那座长时间失修的木屋子前面，在那个水池的附近。那时候池子特别大，家畜常常在这里面洗澡；在十分炎热的夏天里，农家的孩子时常光着身子，在这里面拍来拍去。柳树底下还有一个里程碑，不过它现在已经倒了，上面长得都是黑莓子。

现在，在一个富有农人的农庄的另一边，筑起了一条新的公路。现在那条老公路已经变成了一条田埂，而那个水池却成了一个长满了浮萍的水坑。一只青蛙一跳下去，浮萍就会散开，因此人们就能够看到清黑色的死水。它的旁边生长着一些芦苇、香蒲和金黄色的鸢尾花，并且还在不断地增加。

裁缝的房子又歪又旧，它的屋顶是石莲花和青苔的温床。鸽房塌了，欧椋鸟开始筑起了自己的巢来。屋顶下和山形墙挂着的是一串串燕子巢，这儿好像是一块幸运的住所似的。

这是某个时候的情形，然而现在它是沉寂和孤独的。"孤独的、可怜的、无能的拉斯木斯"——大家都这样称他——住在这儿。他出生在这儿。他在这儿玩儿，在这儿的篱笆上和田野跳跃过。小时候他在这个池子里还拍过水，并且还在这株老树上爬过。

曾经树上长出过十分漂亮的粗枝绿叶，现在它仍然也是这样。然而巨风已经吹弯了它的躯干，时间在它身上刻出了一道道裂口，泥土被风吹到裂口里去。现在在它的里面长出了绿色植物和草。是的，甚至它里面还长出了一棵小小的山梨。

春天燕子飞来了，在屋顶上和树上盘旋，整修它们的旧巢。然而可怜无能的拉斯木斯却放着自己的巢不管；他既不扶持它，也不修补它。"那有什么用呢？"这就是他一直坚持的格言，也是他父辈的格言。

他一直呆在家里。燕子——忠诚的鸟类——从这儿飞走了，又飞回到这儿来。欧椋鸟也飞走了，然后再飞回来，并且还唱着歌。有时，拉斯木斯也会唱，并且和它比赛。现在他不会吹，也不会唱。

风儿在这株老柳树里咆哮——它始终仍然在咆哮，这听起来就像一首歌：风儿哼着它的调子，树儿还在讲着它的故事。要是你听不懂，你就能去问住在济贫院里的老约翰妮。她都知道，她知道很多有关过去的事情，她如一本写满了回忆和字的记录。

当这房子还是完好的和新的时候——村里的一位裁缝依瓦尔·奥尔塞还有他的妻子玛伦一起搬进去住过。他们是两个诚实、勤俭的人。上了年纪的约翰妮那时不过只是一个孩子，她是那个地区里最穷的人——一个木鞋匠的女儿。玛伦向来不短饭吃，从她那里约翰妮得到过很多黄油面包。玛伦和地主太太的关系很好，永远都是满脸笑容，一副特别高兴的样子。她一直都不悲观。她的嘴特别能干，但她的手更能干。她善于用针，就像她善于用嘴一样。她会打理家，也会打理孩子——她总共有十二个孩子，但是第十二个已经死了。

"穷人家总是有一大窝孩子！"地主发牢骚地说。"如果他们把孩子都像小猫似的淹死，只留下身体最强壮的一两个，那么他们现在也就不至于沦落到这种地步了！"

裁缝的妻子说："愿上帝保佑我！孩子是上帝送给我们的礼物；他们是家庭幸福的象征；每一个孩子都是上帝送来的！如果生活苦，吃饭的嘴巴又多，一个人就应该更努力，更应该想尽所有办法，踏实地活下去。只要我们自己不放弃，上帝肯定会帮助我们的！"

地主太太十分同意她这种想法，对她和善地点点头，摸摸玛伦的脸：上面的事情她做过很多次，甚至还亲自吻过玛伦，但是这已经是她小时候的事，那时玛伦还是她的奶妈。那时她们彼此都相互喜爱，现在她们仍然是这样。

每年到了圣诞节，总会有些冬天的粮食会从地主的公馆送到裁缝的家里去：一桶牛奶，两只鹅，一只猪，十多磅黄油，苹果和干奶酪。这很好地改善了他们的伙食状况。依瓦尔·奥尔塞那时感到十分满意，但是马上他的那套老格言又来了："这又有什么用呢？"

他房间里的所有东西，窗帘、凤仙花和荷兰石竹，都是很整齐和干净的。画框里镶着一幅绣着名字的刺绣，刺绣的旁边是一篇押韵的"情诗"。这是以前玛伦·奥尔赛自己写的。她知道诗应该如何押韵。

她对于她自己的名字觉得十分骄傲，因为在丹麦文里，它跟"包尔塞"（香肠）这个字是同韵的。"有些与众不同总是好的！"她说，同时又大笑起来。她的心情总是很好，她从来都不会像她的丈夫那样，说："又有什么用呢？"她的格言是："依靠上帝，依靠自己！"她始终照这个信念办事，把整个家庭维系在一起。孩子们长得很健康，很结实，旅行到很远的地方去，发展也不错。拉斯木斯是最年幼的一个孩子，他是如此的可爱，曾经城里一个最伟大的艺术家有一次邀请他去当模特儿。那时他什么衣服都没有穿，就像刚来到这个世界来的时候一样。这幅画现在仍挂在国王的宫殿里。地主太太以前在那儿也看到过，并且还认出了小小的拉斯木斯，即便他没有穿衣服。

可是如今困难的日子降临了。裁缝的两只手害了关节炎，并且长出了很大的瘤。医生什么办法也没有，连会"治病"的那位"半仙"斯娣妮也没办法。

玛伦说："不要害怕！垂头丧气是没有一点儿用的。既然现在爸爸的一双手已经没有用了，那么我就要更多使用我的一双手了。小拉斯木斯也能够使针了！"

他坐在案板旁边工作，一面唱着歌，一面吹着口哨。他是一个多么快乐的孩子啊。

妈妈说他不能总是整天坐着，对于孩子这是一桩罪过，他应该玩耍和活动。

他最好的伙伴是木鞋匠的那个小小的约翰妮。但是她家比拉斯木斯家更贫穷。并且她长得也不漂亮；她每天露着光腿，还穿着破烂的衣服。没有谁来帮她补，她自己也不会补。她是一个快乐的孩子，每天都快乐得像我们上帝的阳光中一只小鸟一样。

约翰妮和拉斯木斯在大柳树和那个里程碑旁边玩耍。

他有远大的志向。他想做一个能干的裁缝，然后搬进城里去住——他曾听到爸爸说过，城里的老板会雇用很多师傅。他想充当一个伙计，以后再当一个老板。那叫约翰妮可以来看望他。如果她会做饭的话，她还可以为大伙儿烧饭。他会给她一间大房子住。

约翰妮从来不敢相信这类事情会实现。但是拉斯木斯相信这总有一天会成为事实。

他们在那棵老树底下这样坐着，风在枝桠和叶子之间呼啸：风儿仿佛是在哼着歌，树儿也好像是在讲话。

到了秋天，所有的叶子都落下来了，雨滴从光秃的枝子上滴了下来。

"它会再变绿的！"奥尔塞妈妈说。

丈夫说："又有什么用呢？新的一年只会给我们带来新的忧愁！"

妻子说："厨房里装满了食物呀！因为这样，我们要感谢我们的女主人。我精力旺盛，很健康。我们每天发牢骚是不正确的！"

地主一家人在乡下别墅里庆祝圣诞节。但是在新年过后的那一周里，他们就会搬进城里去了。他们常常在城里过冬，享受着幸福和愉快的生活：他们有时参加舞会，甚至还会参加有国王在场的宴会。

女主人从法国买来了两件华丽的时装。在式样、质量以及缝的艺术方面讲，以前裁缝的妻子玛伦从未看到过如此漂亮的东西。于是她请求太太，可不可以把丈夫带到她家里来看一下这两件衣服。她说，一个乡下裁缝一般是没有机会看到这样美丽的东西。

他看到后，在回家之前，他任何意见都没有表示。他所说的仍旧是他的老一套："这又有什么用呢？"这一次他的确说对了。

主人回到了城里。欢乐和跳舞的季节已经开始了，但是在这种快乐的时刻，老爷突然死了。太太不能穿那样漂亮的时装，她感到十分悲恸，并且她从头到脚都穿上了黑色的丧服，甚至连一条白色的缎带都没有。全部的仆人也都换上了黑衣，甚至他们的大马车也附上了黑色的细纱。

这是一个冰冻、寒冷的夜。雪花发出晶莹的光，星星时不时地在眨眼。十分沉重的柩车将尸体从城里运到家庭的教堂里来，尸体是要埋葬在家庭的墓窖里的。教区和管家的小吏骑在马上，拿着火把，守候在教堂门口。教堂的光照得特别明亮，牧师站在教堂敞着的门口等候着迎接尸体。然后棺材被抬到唱诗班那里去；所有的人都跟在它后面。之后牧师发表了一篇演说，接着大家一起唱了一首圣诗。当时太太也在教堂里；她是坐在附着黑纱的轿车来的。它的全身上下，里外都是一片黑色，人们在这个教区里从未看见过这样的场面。

一整个冬天大家都在议论着这位老爷的豪华葬礼。"这样的葬礼才算得是一位富有老爷的人葬啊。"

教区的人说："人们可以看出这个人是如此重要！他生出来就特别高贵，埋葬时也很豪华！"

"这又有什么用呢？"裁缝说。"现在他既没有了生命，连财产也没有了。这两样东西中我们至少还有一样！"

"请不要这样说！"玛伦说，"在天国里人们永远都是有生命的！"

裁缝说："谁把这些话告诉你的，玛伦？死尸不过只是很好的肥料罢了！但是这人太高贵了，即使是对泥土都没有什么用，因此只能让他躺在一个教堂的墓窖里！"

"不要说这种无理的话吧！"玛伦说。"我再跟你说一次，他是会永远活着的！"

裁缝重复说："谁把这些话告诉你的，玛伦？"

玛伦用她的围裙将小拉斯木斯头包上，不让他再听到这番话。

于是她把他抱到柴草房里去，便哭起来。

"我亲爱的小拉斯木斯，你刚才听到的话并不是你爸爸说的。那是一个魔鬼，从屋子里走过，借助你爸爸的声音说的！咱们来祷告上帝吧，就让我们一起来祷告吧！"她把这孩子的双手合了起来。

她说："我现在放心了！要靠你自己，依靠我们的上帝！"

一年的居丧终于结束了。现在寡妇只戴着半孝，她的心里还是像以前一样很快乐。

外面有些传言，说她现在已经有了一个向她求婚的人，而且想要结婚。玛伦稍微知道一点线索，但牧师知道的更多。

在棕树主日那天，寡妇和她的爱人做完礼拜以后，结婚布告就公布了。他是一个刻匠或一个雕匠，他的这行职业的名称人们还不大清楚。那时，多瓦尔生和他的艺术现在还不是每个人谈论的主题。这个新的主人其实并不是出自名门望族，但他是一个特别高贵的人。听大家说，他这个人不是一般人所能够理解的。他一旦雕刻出人像来，手艺十分了得；他是一个英俊的年轻人。

"但是这又有什么用呢?"裁缝奥尔塞说。

在棕树主日那天，结婚布告在牧师的讲道台上宣布了，接着大家就开始唱圣诗和领圣餐。裁缝和他的妻子以及小拉斯木斯都在教堂里，妈妈和爸爸去领圣餐，拉斯木斯仍旧坐在座位上——因为他还没有受到过坚信礼。有一段时间裁缝的家里没有衣服穿。他们全部的几件旧衣服都已经被翻改过了好多次了，补了又补。他们三个人现在都穿着新衣服，虽然颜色都是黑的，好像他们是要去送葬似的，由于这些衣服是用寻盖着枢车的黑布缝制而成的。丈夫用它做了一件裤子和上衣，玛伦做了一件高领的袍子，小拉斯木斯做了一套一直可以穿到受坚信礼时的衣服。枢车的里布和盖布他们全都充分利用了。谁都不知道，这布以前是做什么用的，但是人们很快就知道了。那个"半仙"斯娣妮和一些一样的聪明、然而不靠"道法"吃饭的人，都认为这衣服会给这一家人带来疾病和灾害。"除非一个人是要走进坟墓，否则是决不能穿枢车的覆布的。"

木鞋匠的约翰妮听到这话就大哭起来。有的事情太凑巧，从那天起，那个裁缝的情况越来越糟，人们不难看出是谁会倒霉。

事情显得很明白了。

在三一节过后的那个星期日，裁缝奥尔塞死了。如今只剩下玛伦一个人来维持这个家庭了。她坚持她的格言，她依靠自己，依靠上帝。

第二年小拉斯木斯也受了坚信礼。那时候他到城里去，做了一个大裁缝的学徒——这个裁缝的案板上并没有十二个伙计在那里做活，只有他一个。但是小小的拉斯木斯只能算半个。他十分高兴，也很满意，然而小小的约翰妮却哭起来了。她爱他的程度已经超过了她自己的想象。裁缝的妻子留守在老家，接着做她的工作。

这时出现了一条新的公路。裁缝的房子旁边和柳树后边的那条公路，现在变成了田埂；而那个水池则变成了一潭死水，满是浮萍。那个里程碑也倒了下来——它现在什么都不能代表；不过那棵树仍然活着，既好看，又强壮。风儿在它的叶子和树枝中间发出萧萧的声音。

欧椋鸟飞走了，燕子也飞走了；只是它们在春天还会飞回来。在它们第四次飞回来的时候，小拉斯木斯也回来了。他的学徒期已经结束。虽然他很瘦削，却是一个英俊的年轻人。现在他想背上他的背包，到外国旅行去。这就是他目前的心情，但是他的母亲抓着他不放，家乡究竟还是最好的地方呀！其他的几个孩子都分开了，他是年纪最小的，他应该呆在家里。只要他继续留在这个区域里，他一定会有做不完的工作。他可以做一个流动的裁缝，在这个田庄里留半个月，在那个田庄里留做两周就成，这也相当于是旅行呀。拉斯木斯听从了母亲的劝告。

他又开始在他故乡的屋子里睡觉了，又坐在那棵老柳树底下，听风呼啸。

他是一个外貌特别好的人。他能如一个鸟儿般吹出口哨，唱出新的和旧的歌曲。他在整片的大田庄上都受到热烈的欢迎，尤其是在克劳斯·汉生的田庄上。这人是这个地带第二个最有钱的农夫。

他的女儿爱尔茜仿佛是一朵最可爱的鲜花。她总是笑着。有些坏心眼的人说，她之所以老是笑是为了要露出她美丽洁白的牙齿。她随时都会笑，并且也随时有心情开玩笑。这就是她的性格。

后来她爱上了拉斯木斯，同时他也爱上了她。然而他们没有用语言表达出来。

事情就是这样；他的心变得沉重起来。他的性格特别像他的父亲，却不大像母亲。只有在爱尔茜来的时候，他的心情才会变得活跃起来。他们两人在一起说笑，开玩笑，讲风趣话。但是，虽然适当的机会的确不少，他却从未私下吐出一个字眼来表达一下他的情感。"这又有什么用呢？"他想。"她的父亲会为她找一个有钱的人，而我却没有钱。最好的办法是离开这儿！"但是他不能离开这个田庄，就好像爱尔茜用一根线把他牵住了一样。他在她面前好像是一只受过训练的鸟儿：为了她的快乐并遵照她的意志而吹口哨，唱歌。

木鞋匠的女儿约翰妮当时就在这个田庄上当佣人，做一些极其普通的粗活。她和别的女孩子们赶着奶车到田野里去，一起挤奶。在必要的时候，她还必须得运粪呢。她从来不走进大厅里去，于是也就不会经常看到拉斯木斯或爱尔茜，但是她听到人说过，两个人的关系可以说得上是恋人。

"拉斯木斯真是好运气，"她说。"但是我不能嫉妒他！"接着她的眼睛就湿润了，尽管她没有什么理由要哭。

这是城里的一个集日。那天克劳斯·汉生驾车去赶集，拉斯木斯也和他一道去。他就坐在爱尔茜的身旁——去的时候和回的时候都一样。他十分爱她，但是他却一个字也没吐露出来。

"对于这件事，他可以向我表示一点意见呀！"这位姑娘想，并且她想得有道理。"要是他不开口的话，我就要吓他一下！"

不久之后农庄上就谣传着一个流言，说区里有一个特别富有的农夫在向爱尔茜求爱。他的确是向她表达了，但是她对他作了什么回答，当时还没有人知道。

于是拉斯木斯的思想里掀起了一阵波动。

一天晚上，爱尔茜的手上戴上了一个金戒指，并且问拉斯木斯这是表示什么。

他说："订婚！"

她问："你知道跟谁订婚了吗？"

他说："是不是和一个特别有钱的农夫？"

她说："你猜得很对！"点了一下头，然后就溜走了。

接着他也溜走了。他回到了妈妈的家里，就像一个疯子一样。他打好背包，要走向茫茫的世界。母亲开始大哭起来，但是却没有办法。

然后他从那棵老柳树上砍下一根手杖，开始吹起口哨来，似乎他是很高兴的样子。他要出去闯一闯见见世面。

"虽然这对于我是一件令人难过的事情！"母亲说。"但是对于你来说，最好的办法也只能是离开。所以我也只能依你了。依靠我们的上帝和你自己吧，希望我再看到你的时候，你还是那样高兴和快乐！"

于是他沿着新的公路走。突然他在这儿看见约翰妮运着一大车粪。但是她没有注意到他，而他也不希望被她看见，于是他就藏在一个篱笆的后面，躲了起来。而约翰妮就赶着车子走过去了。

他走向茫茫的世界，谁也不知道他走去哪了。他的母亲认为他在年终前就会回来的，"他现在要看些新的东西，考虑新的事情。但是他会回到这儿来的，他不会把一切记忆都忘掉的。在性格方面，他像极了他的父亲。可怜的孩子！我倒是希望他会有我的性格呢。不过他会回家来的，他是永远都不会抛掉我和这间老房子的。"

母亲等了好多年，而爱尔茜只等了一个月。她悄悄地去拜访那个"半仙"——也就是麦得的女儿斯娣妮。这个女人不只会"治病"，会用咖啡和纸牌算命，而且还会念主祷文和很多其他的东西。并且她还知道拉斯木斯去的地方，那都是她从咖啡的沉淀中看出来的。他正住在一个国外的城市里，然而她弄不出它的名字。这个城市里有士兵和美丽的姑娘们。他正在思考去当兵还是去娶一个姑娘。

爱尔茜听到了这话，十分难过。她几乎愿意拿出她所有的储蓄，将他救出来，可是她不愿别人知道她在做那件事情。

老斯娣妮说，他一定可以回来的。她能够做一套法事——一套对于有关的人来说非常危险的法事，但是这是一个情不得已的办法。她可以为他熬一锅东西，让他不得不离开他住的那块地方。锅在哪里熬，他就要回到什么地方来——回到这个他最亲爱的人现在等着他的地方来。虽然他要在好几个月之后才能回来，不过如果他现在还活着的话，他就一定会回来的。

他一定会日夜不停地、翻山越岭地旅行，无论天气是严寒还是温和，不管他是多么劳累。他会回家来，他一定会回家来。

当时月亮正是上弦。老斯娣妮说，这时候正适合做法事。那天刮着暴风雨，那棵老柳树都已经裂开了：于是斯娣妮砍下一根枝条，把它挽成了一个结——它能够把拉斯木斯带回到他母亲的家里来。然后她把屋顶上的青苔和石莲花也都采了下来，把它放进火上熬着的锅里去。这个时候爱尔茜得从圣诗集上撕下一页书来。她不小心扯下了那页印着勘误表的最后一页。"这也同样管用！"斯娣妮说，于是便将它一同放进锅里去了。

汤里面必须得有各种不同的东西。它得一直地熬，一直熬到拉斯木斯回来为止。那只斯娣妮房间里的黑公鸡的冠子也要割下来，放到汤里去。而爱尔茜的那个大金戒指也要放进去，并且斯娣妮事先告诉她，放进去后就永远收不回来了。斯娣妮，她，真是聪明。我们不知道的很多东西也都被放进锅里去了。锅一直是放在熊熊燃烧的火上、滚热的灰上或者发光的炭上。只有她还有爱尔茜两个人知道这件事情。

月亮时而盈了，月亮时而亏了。爱尔茜常常跑过来问："你没有看到他回来？"

"我知道很多的事情！"斯娣妮说，"我能够看得见的事情也很多！但是他走的那条路到底有多长，我却没办法看见。他时而在走过高山！时而在海上又遇见恶劣的天气！要穿过那个大森林的路是很漫长的，于是他的脚上起了泡，并且他的身体正在发热，但是他必须要继续向前走！"

"不行！不行！"爱尔茜说，"这令我感到很难过！"

"他现在不能停下来！因为要是我们让他停下来的话，他就会昏倒在大路上然后死掉了！"

于是许多年又过去了！月亮又大又圆，风儿仍旧在那株老树里呼啸，天上的月光中出现了一条长虹。

"那是一个证实的信号！"斯娣妮说道。"拉斯木斯将要回来了。"

然而他并没有回来啊。

"这还需要等待一段时间！"斯娣妮说。

"我现在等得不耐烦了！"爱尔茜说。她不再经常来看斯娣妮，也不给她带新的礼物。

她的心稍稍轻松了一些。在一个晴朗的清晨，区里所有的人都知道了爱尔茜对那个最富有的农夫表示了"同意"。

她去看了一下田地和农庄，器具和家畜。所有的一切都布置完毕，现在再没有什么事情可以让他们的婚礼推迟了。

盛大的庆祝连着举行了三天。大家随着笛子和提琴的节奏跳舞。区里所有的人都被邀请来了，奥尔塞妈妈也来了。这场婚宴结束的时候，客人都道了谢，乐师都离开了，之后她带了些宴会上所剩下来的东西回到家里。

她只用了一根插梢把门关上。现在插梢却被拉开了，门也被打开了，拉斯木斯坐在房间里面。他回到家了，正在这个时候回到家了。天啊，请看他的那副模样！他现在只剩下一层皮包骨，又瘦又黄！

"拉斯木斯！"母亲叫着，"我看到的真的是你吗？你的相貌是多么憔悴啊！但是我从心眼里感到特别高兴，你又重新回到我身边来了！"

她将她从那个宴会带回的好食物拿给他吃——一块牛排以及一块结婚常备的果馅饼。

他说，他在最近这段时间里常常想起母亲、那棵老柳树和家园。说来也特别奇怪，他也经常在梦中看见这棵老柳树和光着腿的约翰妮。

关于爱尔茜，他连名字都没有提一下。他现在生病了，非要躺在床上不可。然而我们不相信，这是因为那锅汤的缘故，或者这锅汤在对他产生了什么魔力。只有爱尔茜和老斯娣妮才相信这一套，不过她们对谁也不曾提起这事情。

拉斯木斯躺在床上发着热。他的病具有传染性的，所以除了那个木鞋匠的女儿约翰妮之外，谁都不到这个裁缝的家里来。然而当她看到拉斯木斯那可怜的样子时，她就大哭了起来。之后医生为他开了一个药方，但是他不想吃药。他说，"这又有什么用呢?"

母亲说："有用的，如果吃了药你就会好的！依靠上帝和你自己吧！如果我能看到你身上再长起肉来，然后听到你唱歌和吹口哨，我可以舍弃我的生命！"

拉斯木斯的病逐渐好转，但是他的母亲却染上了病。虽然我们的上帝没有把他召去，却召回了她的母亲。

这个家特别寂寞，而且越来越穷。"他现在已经拖垮了，"区里的人说。"拉斯木斯太可怜了！"

他在旅途中所过的那种特别辛苦的生活——不是熬着汤的那口锅——消耗了他的精力，把他的身体拖垮了。他的头发也变得灰白和稀薄了，他没有心情好好地去做任何事情。"这又有什么用呢?"他说。

他宁可到酒店里去，也不想上教堂。

在一个秋天的傍晚，他走出酒店，在风吹雨打中，走在泥泞的路上，摇摇晃晃地往家里走去。他的母亲早就已经去世了，现在躺在坟墓里。那些忠诚的动物——欧椋鸟和燕子——也都飞走了。只有木鞋匠的女儿约翰妮那时还没有走，她在路上追上了他，并且陪着他走了一段时间。

"拉斯木斯，鼓起勇气来呀！"

他说："这又有什么用呢?"

她说："你这句老话真没出息啊！请记住你母亲的话吧，'依靠我们的上帝和你自己！'拉斯木斯，可是你没有这么做！一个人应该这么做，一个人必须要这样办呀！先不要说'有什么用呢？'否则，你就连好好做事的心情都没有了。"

约翰尼陪他走到他屋子的门口才与他分开。但他并没有走进去，他走到了那棵老柳树下，坐在那块倒下的里程碑上。

风儿依然在树枝之间呼啸着。它像在讲话，它像在唱歌。拉斯木斯回答它。他高声地说，可是除了呼啸的风儿和树之外，谁都听不见他的话。

"我觉得非常冷"

然后他就去睡了，他并没有走进屋子，而是走向水池——他在这儿摇晃了两下，便倒下了。雨在哗啦啦地下着，风吹得就如同冰一样冷，不过他没有去管它。当太阳再升起的时候，乌鸦在水池的芦苇上飞。他醒过来已经是半死了。要是他的头倒到他的脚那边，他就永远都起不来了，浮萍将会变成他的尸衣。

这天约翰妮去裁缝家看他来。她是他的救世主，她把他送进了医院去。

"我们自小就是朋友，"她说；"你的母亲曾经给过我吃的和喝的，我永远都报答不完她！你会康复的，你也会一直活下去！"

我们的上帝希望他活下去，但是他的心灵和身体却受到特别多的波折。

欧椋鸟和燕子飞来了，飞走了，然后又飞回来了。拉斯木斯现在已经是未老先衰。他孤独凄凉地坐在房子里，而房子却一天比一天破旧了。他很穷，现在他比约翰妮还要穷。

她说："你对你自己没有信心，我们如果没有了上帝，那么还会有什么呢？你应该去领圣餐！"她说。"从你受了坚信礼之后，你就从不没有去过。"

他说："唔，但是这又有什么用呢？"

"如果你一定要这样说、而且坚定相信这句话，那么就随它去吧！上帝是不希望看到不情愿的客人坐在他的桌子旁的。但是请你想想你的母亲和你小的时候的那些日子吧！那时你是一个可爱的、虔诚的孩子．我给你念一首圣诗听好吗？"

他说："这又会有什么用呢?"

她说："它给我带来了安慰。"

"约翰妮,你简直成为了一个圣人!"他用困倦和沉重的眼睛看着她。

约翰妮于是念着圣诗。她不是照书本上念,因为她并没有书,她当时是在背诵。

"这都是些漂亮的话!"他说,"然而我不能听懂全部。我的头是很沉重!"

拉斯木斯现在已经变成了一个老人;而爱尔茜也不再像以前那样年轻了,要是我们要说起她的话——拉斯木斯从来不说。她现在已经是一个祖母,而她的孙女是一个特别顽皮的小女孩。这个小姑娘和村子里其它的孩子在一起玩耍。拉斯木斯拄着他的手杖向他们走来,站着不动,静静看着这些孩子玩耍,并且一直对他们微笑——于是过去的岁月就浮现到他的记忆中来了。爱尔茜的孙女用手指指着他,大声喊:"好可怜的拉斯木斯啊!"其他的孩子也学着她的样儿,大声喊:"可怜的拉斯木斯!"并且跟在这个老头儿后面尖声叫喊。

那是阴沉、灰色的一天,连续好几天都是这个样子。不过在阴沉、灰色的日子后面随着来的就是充满了太阳的晴朗日子。

那是一个美丽的圣灵降临节的清晨。教堂里装饰着鲜明的绿色的赤杨枝,在里面人们可以闻到一种山林气息;阳光照在教堂的座位上。祭台上的大蜡烛被点亮起来了,大家在领取圣餐。约翰妮跪在很多人之间,但是拉斯木斯却不在场。正是在这天清晨,我们的上帝来召唤他了。

在上帝身边,他可以得到怜悯和慈悲。

从那以后,很多年过去了。裁缝的房子仍然立在那儿,可是那里面却没有任何人居住着;只要是夜里的暴风雨袭来,它就会马上坍塌。水池上盖满了蒲草和芦苇;风儿在那几棵古树里呼啸着,听起来好像是正在唱一首歌;风儿在哼着它的调子,树儿讲着它的故事。假如你不懂得,那么就请你去问济贫院里的老约翰妮吧。

她就住在那儿,正在唱着圣诗——曾经她为拉斯木斯唱过的那首诗。她在思念他,她——一个虔诚的人——在我们的上帝面前为他一直祈祷。她应该能够讲出在那株古树中吟唱着的过去的那些日子,过去的那些记忆。

开门的钥匙

　　每把钥匙都有自己的美丽故事。钥匙的种类很多：内侍长的钥匙、开钟的钥匙、圣彼得的钥匙。我们可以讲讲所有的钥匙的故事，不过，现在我们只讲内侍长的大门钥匙吧。

　　它生在锁匠的家里。不过，铁匠抓住它又锤又锉，它一直认为自己是在铁匠那里出生的。放在自己的裤兜里，它感觉上太大了，于是又不得不装在衣兜里。在那里，它时常躺在黑暗中，不过它在墙上还有着自己非常固定的位置，那是内侍长童年时代的画像，内侍长那时的模样活像一个有皱褶的肉丸子。

　　人们常这样说，每个人都随着自己出生的星座形成特定的性格特征和行为方式。历书上记着这些星座：金牛座、处女座、天蝎座等，内侍长夫人根本没有说起这些事。她说，丈夫是生在"手推车座"的，他总得要由人推着他往前走。

　　他的父亲把他带进了一间办公室，他的母亲把他推进了婚姻里，他的妻子把他推上去当了内侍长。但是，最后这件事她没有讲，她是一个非常有思想、很和善的人，该沉默的时候便会闭口不言，该讲该推的时候就讲得恰到好处。

　　现在，他已经上了年岁，"体态匀称"，就像他自己曾经说过的，他是一位有知识、喜欢幽默、通晓钥匙的行家里手。之后，我们会知道得更加清晰。他的心情总是十分愉快。他见了谁都喜欢，都恨不得要和他们聊上一阵。若是他进城去，要不是他老妈妈在后面推着他，就很难把他弄回家。他总要和他每天能见到的每一个熟人聊天。他的熟人也很多，这样一来便会误了吃饭的时间。内侍长夫人在窗口向周围四外张望着。"他来了！"她对女仆们说道："把锅支上！——他又在那里站住了，和一个人在聊天，把锅拿下来，菜会烧焦的！——现在他可来了，是的，把锅再支上！"然而，他还是没有回来。

他可以站在自家的窗子下朝上面点头，可是，只要在他旁边走过一位熟人，他就不得不和熟人说上几句。要是正在他和这个人聊得火热的时候，又来了第二个熟人，那他就手拉住第一个人的衣扣，握着第二个人的手，同时还和从身边走过的其他人打招呼。

这是对内侍长夫人的耐心持续不断的检验啊。"内侍长！"她喊了起来，"是啊，这个人是生在'手推车座'下的，若不是把他推走，他是不会往前走的！"

他很喜欢逛书店，看看书，翻翻杂志。他给书店老板简单表示一下，为了允许他把新书带回家来读。那么很自然的就是，允许他把书的直边裁开，但是不许把书上面的横边裁开，因为那样的话，书就也不能再当新书卖了。不论怎么说，他都是一份有益于大家的活报纸，他知道关于订婚、结婚、丧葬、书报上的杂谈和街头巷尾的流言飞语。是啊，他能对无人知晓的事情做出种种神秘的暗示以便让人知晓。像这些事情，他是从大门钥匙那里得来的。

他们刚刚结婚的时候，内侍长就住在自己的大宅院里。从那时起，他们便总是用那把钥匙。不过，当时他们并不知道这把钥匙的威力，后来他们才知道它能量巨大。那是腓德烈六世的时代，哥本哈根还没有煤气，用的是油烛。那时还没有提佛里和卡新诺，没有电车，也没有火车，和我们今天的生活比起来，没有多少游乐场所。到了星期天大家都出城到互济教堂公园去，读一读墓志，坐在草地上，吃着用篮子带进去的食物，再喝点烧酒。再不然就会心情愉快地去腓德烈斯贝公园，在皇宫前面有皇家卫队的军乐团在演奏，许多人在那里看皇室的人在那条窄小的河里划船，而且船还是由老国王掌着舵。他和王后向所有的人——不论什么身份，都会表达自己的友好。此外，城里的有钱人还到这里来喝午茶。他们可以从公园外的一个小农舍里得到开水，不过茶具要自带。

在一个阳光明媚的星期日下午，内侍长一家也到那里来了。女佣提着茶具、一篮子食物和一瓶斯彭德鲁普烧酒。

"带上大门钥匙！"内侍长夫人说道，"回来的时候可以自己开门进

来。你知道这里天一黑就得锁门。门铃绳早晨已经断了。我们晚上回来时
会很晚的。去了腓德烈斯贝公园后，我们还要去看西桥的卡索蒂戏院哑剧
《收获者的头头哈列金》：他们从云里降到那个神奇的地方。每人要收两
马克呢。"

他们去了腓德烈斯贝公园，听了音乐，看到了旗帜飘扬的皇家之船，
也看到了老国王和白天鹅。他们痛痛快快地吃了一顿茶点后，便匆匆忙忙
离开了，却没有及时赶到剧院。踩绳舞已经结束了，高跷舞也跳完了。哑
剧早就开始了。他们和往常一样迟到了，那都是内侍长的过错，他在路上
总是停下来和各种各样他认识的人说话，在剧院里他也碰到了好朋友。演
出结束以后，他和他的夫人还要和一个多年没见的熟人回"桥头上"的
家中去喝一杯混合酒。他们本来只想呆十分钟，可是一坐便是整整一个钟
头，聊得没完没了。特别有趣的是瑞典的一位男爵，或许是德国的——内
侍长没有记清楚，教给他的关于钥匙的花招，他却记得清清楚楚。实在是
太有趣了！他能让钥匙回答所有的问题，也不论你问了些什么，即使最秘
密的事情也不例外。

内侍长的大门钥匙特别适合此道。它的头特别得沉，所以头该倒垂
着。男爵把钥匙放在右手的食指上，它轻松地挂在了那个地方。他指尖上
的每次脉搏的跳动都会让它颤抖了一下，于是它便转了起来。如果它一点
不同的话，那么男爵便懂得让它随着自己的意志转动。每转一次便代表一
个字母，从 A 起按着顺序一直下去，随他的意思。找到了第一个字母后，
钥匙便会向不同的方向转；这样你又可以找到第二个字母。这么下去，你
便有了一个完整的字，一句完整的话，便可以回答问题了。这实际上全是
在瞎折腾，但是还是很好玩。内侍长本来只是觉得它好玩罢了，但是他慢
慢改变了以前的想法，完全被钥匙迷住了心窍。

"喂，先生！"内侍长夫人不耐烦地喊道，"西城十二点要关门，我们
会进不去的，我们只剩下一刻钟赶路了。"

他们行色匆匆地要赶回去了，有几个要进城的人匆匆地从他们身边走
过。最后他们总算走近了最后一个哨所，这时正好敲响了十二下，城门在
这一刻非常戏剧性的砰地一声关上了。很多人被关在了城外，内侍长一家
人，还有为他们提着茶壶和空篮子的女仆。有些人不知所措，有些人烦躁

不安。该怎么办呢？各人有各人的想法。

幸运的是，那个时候有过一个英明的决定，留着一道城门——北城门不关，可以从那里溜过哨所进城去。

可是，这段路并不是很近。天空晴朗，满天星斗，流星划过天空，青蛙在水沟里、水塘里呱呱地叫着。这群人开始唱起歌来，一首又一首没完没了。然而，内侍长再也没心情大声歌唱了，也不看星星，甚至连自己的脚也不看。他跌跌撞撞地差点儿掉进水沟里。人们还以为他喝得不省人事了，其实，并不是混合酒上了头，而是钥匙，是钥匙钻进了他的脑袋里，在那里打转转，一刻也没有停止。他们终于到了北门哨所，走过桥好不容易才进到了城里。

"这下子可以放心了，"内侍长夫人说道，"上帝保佑我们终于到家门口了！"

"可大门钥匙哪里去了？"内侍长说。事实上，它不在后面的兜里，也不在旁边的衣袋里，那它到底去了哪里呢？"钥匙没有了吗？你在和男爵耍钥匙把戏的时候丢了吧。我们怎么进去呀！门铃绳早晨就断了，你是再清楚不过的了。守夜的没有开门的钥匙啊。这可是没有办法了啊！"女仆也再也忍不住哭了起来，内侍长是唯一还保持着他的一点神志的人。

"我们得把杂货店老板的窗子打破一扇。"他说道，"把他快快喊起来，这样我们便可以进去了。"

他打碎了一块，又打碎了第二块。"彼得森！你快出来啊！"他叫道，并把伞柄伸进窗子里去。这时地下室里那家人的女儿发出了尖叫声。地下室里的男人把店铺门打开，叫道："守夜的！"原来是内侍长一家人，就放他们进了门。街上的巡夜人吹响了哨子，旁边一条街的巡夜人也立刻赶了过来，也吹响了口中的警戒哨子。许多人拥到窗前。"哪里起火了？哪里出事了？"他们非常焦急地问道。一直到内侍长已经回到了自己的屋子里，脱下自己脏兮兮的外衣时，他们还在问。在他脱大衣时，他发现大门钥匙在里面，不在衣袋里，而是在贴身的衬衣里。它是从衣袋里的一个洞漏下去的。

从那天晚上起，大门钥匙便有了非常重要的意义了。不仅是晚间出去，就是坐在家里时，内侍长也都要向他周围人显示一下他的聪明，让钥匙来回答问题。

他想好了最合理的答案，让钥匙来表现，最后就连他自己也对这些答案坚信不疑了。可是那位和内侍长近亲的年轻药剂师却不相信。

那位药剂师有一个绝顶聪明的灵活头脑，很挑剔的头脑。他还是个学童的时候便开始写书评、剧评，但是从不说对方的名字，这一点非常重要。他是人们说的有灵气的人，可是他事实上一点都不信精灵，特别是钥匙精灵。

"是的，我相信，我相信，"他说道，"福星高照的内侍长先生，我相信大门钥匙精灵和所有的钥匙精灵，相信得如此虔诚，就像我相信现在那些人们一刻也离不开新科学一样：什么转桌法，什么新老家具的魂灵。您听说过吗？我事实上一点都没有听到过！我也怀疑。您知道我是一个多疑者。但是，在读到一份非常权威的外国报纸上的一篇可怕故事时，我的态度与以前的看法有了很大的不同。内侍长！您信不信？是的，我把我读到的故事原原本本地讲一遍：两个聪明的孩子看到过他们的父母曾经把一张大餐桌的魂灵唤醒了。一天，两个小家伙独自在家里，他们用同样的办法把一个老柜子神奇般地弄活了。柜子活了，它的魂灵被唤醒了，但是它无论如何也经受不住孩子们的瞎指挥。柜子站了起来，它嘎地响了一声，把抽屉推开，用自己的两只木脚把孩子都装到了柜子抽屉里。柜子装着他们从大门跑了出去，跑下台阶，跑到街上，跑到河边，在那里它跳了进去。两个孩子非常不幸的被淹死了。两个小尸体虽然皈依了基督教，但是柜子却被送上了正义的法庭，被判谋杀幼儿罪在广场上被活活烧死了。我曾经读到过这些东西，"药剂师这么说道，"在一份外国报纸上读到的，这事实上根本不是我自己编出来的。钥匙可以证明我说的是真的，我可以对天发誓，我说的话千真万确。"

内侍长认为这样的奇谈实在是粗暴的玩笑，他们两个人在钥匙问题上没有一点的共同语言。药剂师对钥匙简直是木头桩子一个。内侍长在钥匙方面的知识还在进步。钥匙成了他乐趣和智慧的源泉。

一天晚上，内侍长准备睡觉了。他几乎都快把身上的衣服都脱掉了，这时有人敲响了过道的门，是在地下室住的那家男人。怎么这么晚了还会来人呢？他也是脱掉了一半衣服的，不过，他说他突然有了一个想法，怕过了今天晚上便会忘记了。

"我要说的是我的女儿洛特·莲妮。她是一个绝世无双、年轻美貌的姑娘，她已经受了坚信礼。现在我想把她规划得更好一些。"

"我可不是光棍儿呀。"内侍长说道，微微地笑了一笑，"我也没有可娶她为妻的儿子呀。"

"您是知道我的，内侍长！"地下室的那个男人很诚恳地说道。"她会弹钢琴，会唱歌。琴声您在这儿大约可以听到的。您根本不知道这个女孩子还能做些什么。她会模仿各种人的讲话和动作。她天生就是上舞台演戏的好材料，这对于好人家的姑娘确实是一条好的出路，她们可以嫁给非常有社会影响、有爵位的人。不过，我和洛特·莲妮却没有这么想。她会弹钢琴，所以，不久前我还和她一起去了一个非常有名气的声乐学校。她唱了起来，但她缺乏女士们应有的中低音，也没有人们要求女歌唱家们必备的最高音区的金丝雀般叫声，所以学校的人都劝她放弃算了，另寻出路才是。噢，我便想，若是她不能当个歌唱家，她事实上还可以当一个女演员的，只要能唱上一点什么的人就行。今天我和被人家称作导演的人谈了。'她上了多少年的学?'他问道。'没有，'我说道，'什么也没读过。''多读书对一位女艺术家事实上是完全必要的！'他很坚定地说道。我认为，现在她去读还不算晚，于是我便回家了。我想，她可以去一家出租书籍的图书馆，读那里面的书，但是今天夜里我坐在那里脱衣服要睡觉的时候，突然想到借书的地方了。为什么要去租书呢? 内侍长家有着各种各样的书，让她读这些书，够她读的，她一定能一分钱都不用花就借到的！"

"洛特·莲妮是一个好姑娘！"内侍长说道，"一个年轻美貌，也应该很有才气的姑娘！她应该有书读。不过她有没有人们所谓的读书灵气呢? 也就是天生的才智——天才呢? 还有，她有没有这种少有的运气?"

"她曾经两次中了彩票，"地下室的男人说道，"有一回她还非常幸运地得了一个衣柜，有一回获得了六套床上用品。很少会有这样的运气。她是有这种运气的。"

"我问问钥匙的事情！"内侍长说道。

他把钥匙放在右手的食指上，又放在那个男人的右手食指上，让钥匙在那里不停地转动着，一个字母接一个字母地显现出来。

钥匙说："胜利和幸运！"这样，洛特·莲妮的未来便有着落了。

内侍长立刻给了她两本书：杜威克的剧本和克尼格的《人际交往》。

从那天晚上之后，洛特·莲妮和内侍长一家之间便开始了一种非常频繁的私人交往。她常到内侍长家，内侍长发现她是一个很聪明睿智的姑娘。她相信他，相信钥匙。内侍长夫人则从她随时流露出的那种毫无防备的无知中，发现了她的幼稚和天真可爱。这对夫妇以各自不同的方式喜欢着这个姑娘，她也以不同的方式热爱着内侍长夫妇。

"楼上的味道很香啊！"洛特·莲妮说道。

楼上的走廊里不知不觉飘来一股香味，内侍长夫人放了一整桶"格洛斯登"苹果，弥漫着一股苹果的香味。所有的屋子里都有一丝玫瑰和熏衣草的香味。

"实在是太棒了！"洛特·莲妮说道。内侍长夫人总是在自己的家中摆着许多鲜花，她看到这些鲜花，心里充满了无限的喜悦。是啊，就连冬天那么寒冷的季节，这里的紫丁香和樱桃枝也都会绽放出令人感到幸福的花朵。剪下的那些秃枝插在水中，在暖和的屋子里没过多久就发芽开花了。"你大概以为那些秃枝都死了吧？现在你再去瞧，它却早已死而复生了，长得多么好啊！"

"我以前完全没有想到过！"洛特·莲妮说道，"大自然真是比我以前想象的要奇妙多了！"

内侍长让洛特·莲妮看他的"钥匙书"，里面写下了钥匙讲过的许多稀奇古怪的事情。就连一天晚上女仆的爱人来看她时，食橱里半块苹果糕不见了那样的琐事也都会一字不落地记在上面。

内侍长问自己的钥匙："苹果糕是谁吃掉的？是猫还是女仆的爱人？"大门钥匙很诚实地回答说："是女仆的爱人！"内侍长其实在提出这样的问题之前便这样料定了。女仆只好承认了：那该死的钥匙，这点小事都知道。"是啊，你说奇怪不奇怪！"内侍长说道，"那把钥匙，那把钥匙，它说洛特·莲妮'胜利和幸运！'——我们等着往下看吧！——我可以肯定一定都会变成现实的。"

"真的是太有趣了啊！"洛特·莲妮说道。

内侍长夫人的信心却并不像她丈夫那样那么足。但是，她不在丈夫的面前说出自己的想法，她怕他听见。不过，后来她对洛特·莲妮说，那还是在内侍长年轻时，对戏剧着了迷。要是那时候有人朝那方向帮助他一把的话，他一定会成为一个著名的演员，可是他的家人把他推到了另一个方向去了。他想登台开始自己的演艺事业，为了登台他还亲自写了一个剧本。

"这是一个非常重要的个人隐私啊，我可以告诉您，小洛特·莲妮。那出戏写得简直是太棒了，皇家剧院还上演了它，但是却被观众嘘下了台。我是他的妻子，我是非常了解他的。现在您也要走上这条路，我希望您能够一切顺利，但是我不相信这能成为不久将来的现实，我不相信大门的钥匙。"

洛特·莲妮却相信。她和内侍长的信仰是一致的。他们的心真诚地相通着。

这位姑娘还有几种令内侍长夫人非常喜欢的本领。洛特·莲妮会用土豆做淀粉，会用旧丝袜织既漂亮又便宜的丝手套，为自己的旧舞鞋蒙上新丝面，尽管她有钱买新衣服。她就像杂货店老板曾经夸耀过的那样：桌子抽屉里有许多许多的银币，钱柜里也有数量不菲的股票。她可以给药剂师当妻子，内侍长夫人这么想，但她还是没有表达出来，也没有让钥匙说出来。药剂师不需要多久就要在附近最大的一个城市里安家立业了，经营打理自己的药店。

洛特·莲妮还在读那两本《杜维克》和克尼格的《人际交往》的书。她把那两本书保存了两年，其中那本《杜维克》，她是完全可以背下来的，所有的角色她都能背下来。但是她只想演其中的一个角色，即杜维克。她现在的心情还不想在京都演出，而事实上京都里的人都十分嫉妒她，他们非常讨厌她。她要在一个较大的城市里开始自己的艺术生涯。

非常富有戏剧性的是，那个城市与那位药剂师——如果不是城里唯一的也是最年轻的药店老板——所定居的城市是完全相同一个。令人盼望已久的伟大的一夜来到了，洛特·莲妮要登台了，将要赢得钥匙曾经说过的那所谓的胜利和好运了。内侍长当晚却没有到场，他生病躺在床上，内侍长夫人在他的床边照料着他。他需要热餐巾和花茶：餐巾铺在他的胸前，茶喝进了肚子里。

这对夫妇没有观看《杜维克》的演出，但当晚年轻英俊的药剂师是在场的。他给自己的亲戚——内侍长夫人写了一封信，介绍了当天晚上整个演出的盛大场面。

"最精彩的莫过于杜维克的皱领！"他富有激情地写道，"若是内侍长的大门钥匙在我口袋里，我一定要把它取出来，嘘它几下。她该挨这个一下的，钥匙也该享受一下这个的，这钥匙无耻地对她撒了谎，事实上根本就没有什么'胜利和运气啊'！"

内侍长读了这封别有用心的信。他认为这完全是恶毒的语言。他说，药剂师把对钥匙的仇恨都发泄到了这个天真无邪的姑娘身上了。他刚能够下床恢复健康的时候，便立刻给药剂师写了一封简短但又同样是充满厌恶语气的信。药剂师又写了回信，就好像除了玩笑和愉快的心情之外，他再没有看明白什么。

他感谢内侍长的来信，也感谢他在未来善意地传播钥匙的非常有价值和意义方面所作出的贡献。然后，他告诉内侍长，他在操持自己得意的药店生意之余，正在写一本很厚的关于那个神奇的钥匙的小说。"大门钥匙"自然便是小说的主角，内侍长的大门钥匙就是原型，无数的事实证明它是很有预见的，具有未卜先知的本事。其他的钥匙，都得围绕着它转，对它都着了迷。了解宫廷辉煌和喜宴的老内侍官的钥匙；五金杂货店里四文钱一把的小巧玲珑的开钟钥匙；一直把自己看成神圣的神职人员，有一夜因为插在教堂的钥匙孔里而见到过精灵的布道门钥匙；备餐间的、柴火房的、酒窖的钥匙全部都一个不落地登场了，行着屈膝礼，都围绕着大门钥匙转。明亮的阳光把它照得像银子一般明亮。风，人世间的精灵，吹进了它的身体里，于是它便吹起了代表着自己愉快心情的口哨儿来。它是一切钥匙的钥匙，它是内侍长的钥匙，现在它成了天国大门名副其实的钥匙了，它是教皇的钥匙，它将永远是"一贯正确"的！

"恶毒的中伤！"内侍长说道，"无端的恶毒中伤！"他和药剂师从此以后再也没有见面了。噢，还见了一面，是在令人伤感的内侍长夫人的葬礼上。

内侍长夫人是先去世的。

家里充满了悲哀和对死者的无限思念。就连插在水里、发芽开花的樱桃枝也由于悲哀而变得无精打采了。它们被遗忘了，已经离开这个人世的她不再照料它们了。

内侍长和药剂师作为死者最亲近的家属，肩并肩走在内侍长夫人的棺材后面。在这里他们没有时间也没有心情再去互相围绕着一个话题斗嘴了。

洛特·莲妮在内侍长的帽子上缠上了一块黑纱。她早就回到家了。事实上在艺术的道路上她并不顺利，没有胜利也没有交好运。不过，那一天她相信会来到的，洛特·莲妮是有前途的。钥匙说过，内侍长也说过。她上去看内侍长。他们谈论着死者生前的一切一切，他们哭了，洛特·莲妮是非常的软信仰的女人。他们谈起艺术，洛特·莲妮是非常坚定的。

"舞台生活那么美好！"她说道，"但在这个世界上却是有着太多的无聊和嫉妒！我最好还是走自己已经选择的路吧。先面对自己非常重要的问题，再谈什么辉煌的艺术吧！"

克尼格在他的谈关于演员的一章里所说的虽然千真万确，但她看出了钥匙讲的不是真的。可是她没有对内侍长说她一直爱着他。

钥匙在他守丧的一年中成了他唯一的安慰。他对它提出问题，它给他一一作答。在一个年末，一个风清气爽的晚上，他和洛特·莲妮坐在一起，他问钥匙："若是我结婚，会是和谁呢？"

现在谁也没有推他，所以他推了推钥匙："洛特·莲妮！"话就是这样的一语道破的，洛特·莲妮最后就很自然成了内侍长的夫人。

"胜利和运气！"

这些话以前说过——是钥匙曾经的美好预言。

跛　子

在一幢比较古老的公馆里住着几个非常卓越的年轻人。他们是既富有，又幸福。他们不仅自己享受快乐，也对别人做很多好事。他们希望所有的人都可以像他们一样永远快乐。

在圣诞节的那天晚上，古老的大厅里摆放着一株打扮得十分漂亮的圣诞树。壁炉里燃着熊熊的烈火，古老的画框上悬着冒出来的枞树枝；主人和客人都在这儿，他们跳舞和唱歌。

天还没有完全黑下来，佣人的房间里已经开始庆祝圣诞节了。那里也有一棵很大的圣诞树，上面点着红白蜡烛，还有一些小型的丹麦国旗以及天鹅、还有一些用彩色纸剪出和装满"礼物"的网袋。邻近的那些穷苦孩子都被请来了，他们的妈妈也一起跟来了。妈妈们并不怎么看着圣诞树，却一直望着圣诞桌。桌上放着麻布和呢料子——这都是做裤子和衣服的材料。大孩子和妈妈们都望着这些吃的，只有小孩子才会去把手伸向银纸、蜡烛和国旗。

这些人都来得很早，早在下午就来了；他们吃了烤鹅、圣诞粥和红白菜。大家先后参观了圣诞树，得到了礼物，然后每人还喝了一杯混合酒，吃了一块煎苹果元宵庆祝结束后，他们回到自己简陋的家里面去，一路上不断谈论着这种"舒服的生活"——也就是指他们刚刚吃过的好东西。他们又把礼物重新认真地又看了一次。

他们之中有一位园丁奥列和一位园丁叔斯打，他们两个人是夫妻。他们为这公馆的花园挖土和锄草，所以他们有粮食吃和房子住。在每个圣诞节的时候，他们总会得到许多礼物。他们的五个孩子所穿的所有衣服就全是主人送的。

"我们的两个主人都喜欢做善事！"他们说。"但是他们有能力这样做，而且他们也很希望这样做！"

园丁奥列说："这是给四个孩子穿的新衣服，但是他们为什么没有一些东西送给跛子呢？平时他们也想到他，他虽然没有去参加刚才的庆祝！"

跛子是指他们年龄最大的那个孩子。他的名字叫作汉斯，但是大家都习惯叫他"跛子"。

在他很小的时候，是非常活泼聪明的。但是后来，就像人们所讲的那样，他的腿忽然变"软了"。他既不能站稳，也不能走路。躺在床上已经有五年了。

妈妈说："是的，我得到一件送给他的东西！不过这并不是一件非常了不起的东西。这只是一本书，他可以去读读！"

爸爸说："这东西并不能令他发胖！"

不过汉斯倒是非常喜欢它。他是一个很好学的小孩子，喜欢读一些书，但是他也会花些时间去做些其他有用的工作——一个只能躺在床上的孩子所能做到的那些有用的工作。他有一双很灵巧的手，会织毛袜，甚至会织床毯。邸宅的女主人以前都称赞过和买过这些手工制品。

汉斯所偶然得到的是一本故事书，书里值得读和值得深思的东西还真不少。

爸爸和妈妈异口同声说："虽然在这个屋子里它没有一丁点用处，不过让他读吧，这可以帮助他打发时间，他不能总织袜子呀！"

春天来了。花朵开始含苞待放，野草也如此——这是人们专门为荨麻取的名字，圣诗集上虽然把它描绘得这样美：

> 即使所有帝王一齐出兵，
> 无论怎么豪华和有力量。
> 但他们什么办法也没有，
> 能让叶子在荨麻上生长。

公馆花园里有很多工作，不仅对园丁以及他的助手是如此，对园丁奥列和园丁叔斯玎也是这样。

"这些工作真是十分的枯燥！"他们说。"我们刚才把路耙好，弄得干净整齐一点，马上就有人将它踩坏了。公馆里来来往往的客人真是太多了。一定花了不少钱！不过主人可有的是钱！"

"东西分配得真是不平均！"奥列说。"牧师总说我们全都是上帝的儿女，可是为什么我们之间有这么大的差别呢？"

叔斯玎说："那是因为人堕落的缘故！"

他们在晚上又谈起这事。跛子汉斯这时正把他的故事书在旁边躺着看书呢。

繁重的工作和困难的生活，不仅让爸爸妈妈的手变得有些生硬，也让他们的看法和思想变得生硬。他们不能理解、同时也不能够去解释这种道理。他们变得更喜欢生气和争吵。

"有的人得到幸福和快乐，有的人却只得到了贫困！我们最初的祖先都很好奇，我们同时违抗上帝，为什么要我们来负责这些呢？我们绝对不会做出他们两人那种行为的呀！"

"我们一定会的！"跛子汉斯突然冒出这么一句来。"这本书里面是这样子说的。"

"这本书里写了些什么呢？"爸爸妈妈好奇地问。

于是汉斯就念了一个比较古老的故事给他们听，这故事讲的是一个樵夫与他妻子的故事。他们之前也责骂过夏娃和亚当的好奇心，因为这就是他们现在所有不幸的根源。这时国王正从旁边经过。"随我一道回家去吧"，他说，"你们也可以像我一样去过那些好日子：一餐可以吃七个菜，还有几个菜摆摆样子。那些菜都放在盖碗里，但是你们不能去动它，因为动了它们，你的富贵就全都没有了。"妻子说："盖碗里可能盛的是些什么东西呢？""这与我们无关，"丈夫说。"是的，我并不很好奇！"妻子说，"但是我倒很想知道，我们为什么不能揭开盖子。那里面一定会是好吃的东西！""只希望不是什么机器之类的东西！"丈夫又说，"比如像一支手枪，它砰地一下，就吵醒了全家的人。""天呐！"妻子说，那我可再也不敢去动那盖碗了。但是在这天晚上，碗盖自己打开了，一种最美的混合酒的香气便从碗里飘了出来——就像人们在举行葬礼或结婚时所喝到的那种混合酒的香气。里面藏有一块比较大的银毫，上面还写着："喝了这混合酒，你们就可以成为世界上最为富有的人，而别的人则都沦为乞丐！"于是妻子就突然醒了，把这个梦全都讲给丈夫听。他说："你把那些事情想得太深！我们可以把硬盖轻轻地揭开！"妻子说。"那你先轻轻地揭！"丈夫说。之后妻子就轻轻地慢慢地揭开了盖子。这时跳出来两只活泼的小耗子，而且立刻逃到一个耗子洞里去。"晚安！"国王说。"现在你们可以回家去好好睡觉了。请你们不要再责骂夏娃和亚当吧，你们自己也好奇而且忘恩负义呀！"

奥列说："书里讲的这个故事是从哪里得来的呢？它似乎与我们有关，非常值得想一想！"

第二天，他们仍然去做工作。太阳烤着他们，雨水淋湿了他们。他们满脑子装的都是不快的思想——他们现在又仔细思量着这些思想。

在他们吃完了牛奶粥的时候，天还没有变得太黑。

奥列说："把那个樵夫的故事再给我们念念吧！"

汉斯说："书里好听的故事可多着呢！非常的多，你们都不知道呢！"

园丁奥列说："我们对别的故事不感兴趣！我只想听我所知道的之前的那个故事！"

所以他和他的妻子又听了一次那个故事。

他们不止一个晚上一次又一次重新听了那个故事。

奥列说："我还是不能完全明白，人就像甜牛奶似的，有时会发酸，有的会变成很好的干酪，但是也有的变成又稀又薄的乳浆！有的人做什么都很走运，一生都会过好日子，从来不知道穷困和忧愁！"

跛子汉斯听到这些话的时候。虽然他的腿不中用，可是他的头脑非常聪明。他把书里的另一个故事念给他们听——他念一个穷困和不知忧愁的人。在什么地方可以去找到这个人呢？因为应该找出这个人才对。

国王病倒在床上，只有一个办法可以医治好他：就是穿上一件特殊的衬衫，而这件衬衫必须曾被一个真正不知道穷困和忧愁的人穿过的。

这个消息很快传到世界各国各地，传到所有的公馆和王宫，最后被传到一切富有和快乐的人。不过仔细调查的结果，几乎每个人都尝过忧愁和穷困的味道。

坐在田沟上一个唱歌和欢笑的牧猪人在那里说："我可没有！我是世

界上最幸福的人！"

国王的使者诚恳地说："那么请把你的衬衫送给我吧，你将可以得到半个王国作为对你的报酬。"

但是他却没有衬衫，可他却认为自己是最快乐的人。

"这的确是一个好汉！"园丁奥列大声喊。他和他的妻子哈哈大笑起来，仿佛他们多少年来都不曾笑过似的。

这时小学的老师在旁边经过。

"你们真是快乐！"他说。"这倒是这户人家的一件新鲜事情。难不成你们谁中了一张彩票不成？"

"没有，是这么回事儿！"园丁奥列回答说。"汉斯在给我们念故事书听；他正在念一个不知穷困和忧愁的人的故事。那个人没有衬衫可以穿。这个故事可以让人流出眼泪——而且是一个已经印在书上的小故事。每个人都要扛起自己的重担，他并不是唯一如此。这总算是一种安慰和鼓励！"

"你们从哪儿得到这本书的？"老师又问。

"我们的汉斯在一年多以前的圣诞节得到它的，是主人夫妇特地送给他的。他们知道他十分喜欢读书，虽然他是一个跛子！那时我们倒希望他得到两件麻布衬衫呢！不过这书倒很特别，它能解决你的思想困惑。"

老师把书接了过来，翻开看了看。

"让我们再听一次这故事吧！"园丁奥列说。"我现在还没有完全听明白。他也应该再念念那另外一个有关于樵夫的故事呀！"

对于奥列说来，这两个故事已经足够了。它们仿佛就像两道阳光一样，照进这贫困的屋子里来，照进令他们经常生气和不愉快的那种苦闷的思想中来。

汉斯把整本书都已经读完了，读了好几次。书里的故事将他带到了外面的世界去——到了他所不能到的地方，因为他的腿不能肆意地行走。

老师坐在他的床的旁边。他们在一起开心地闲谈，这对于他们两个人都是很愉快的事情。

从这天起，每当爸爸妈妈出去工作的时候，老师就经常来看望他。他的到来，对于这孩子来说，简直就像一次宴会。他耐心地听这老人讲的很多话：地球的体积和它上面的很多国家，太阳比地球差不多要大上五十万倍左右，而且距离是十分遥远，要从太阳到达地面，一颗被射出的炮弹要走整整二十五年，而光线只需走八分钟左右的时间。

每个用功的学生都会清楚这些事情，但是那些对于汉斯来说，这些都是新奇的东西——比起那本故事书上讲的知识要新奇得多。

老师每年被邀请到主人家里去吃上两三次饭。他说那本故事书在那个贫穷的家里是非常重要，仅仅是书里的两个普通小故事就能让他们快乐和高兴。那个病弱而聪明的孩子每次念到这些故事的时候，家里的人就变得快乐和深思起来。

当老师离开这公馆的时候，女主人便塞了两块亮闪闪的银洋在他的手里，请他带给小汉斯。

当老师把钱带到这里的时候，孩子说："应该交给妈妈和爸爸！"

于是园丁叔斯玎和园丁奥列说："汉斯跛子也带来了这么多的报酬和幸福！"

两三天之后，当妈妈爸爸正在公馆的花园里工作的时候，主人的马车在门外慢慢停了下来。那位好心肠的太太走进来；她很高兴，她的圣诞节礼物居然可以带给孩子和他的父母那么多的快乐和安慰。

她带来了水果、细面包和一瓶上好的糖浆，但是她送给汉斯是一件的最可爱的一只关在金笼子里的小黑鸟。它能唱出非常好听的歌。雀笼子被放在一个旧衣柜上的，距离这孩子的床不远；他既可以望望它，也可以听一听它的歌。确实如此，在外面走的路人都能听到它的歌声。

园丁叔斯玎和园丁奥列回到家室来的时候，太太已经离开了。他们看见汉斯一副高兴的表情，不过他们也认为，他所得到的这些礼物会给他们带来麻烦。

"有钱人总是会看得不够远！"他们说。"我们还曾照顾这只鸟儿，跛子汉斯是没有办法做到这事情的。结果，它一定会被猫儿抓吃掉了！"

几天过去了，接着又是几天过去了。这期间猫儿已经到房间里来转过了好几次的——它并没有吓坏鸟儿，更没有去伤害它。于是一件大事发生了。那是一个下午，爸爸妈妈和其他的孩子都去工作了，汉斯独自一个人在家。当时他手里拿着那本故事书，正在阅读一个有关于渔妇的故事：她得到了那些她所希望的所有东西。她希望自己可以做一个皇帝，于是她就做了一个皇帝。随后她就想做善良的上帝——所以她马上又回到她原来的那个泥巴沟里面去了。

这个故事跟猫儿和鸟儿没有什么太大的关系，但是当事情发生的时候，他正在那里读这故事。后来他永远也不能忘记。

鸟笼被放在衣柜上；猫也是站在地板上，而且正在用它一双绿中带黄的眼睛聚精会神地盯着鸟儿。猫儿的脸上有一种表情，好像是在对鸟儿说："你是多么诱人啊！我真想吃掉你！"

汉斯明白这意思，因为他可以从猫的表情上看得出来。

他大声说："滚开，猫儿！请你从房里马上滚出去！"

似乎它正在准备跳走。

汉斯没有办法靠近它。除了他的那件最珍惜的宝物——故事书——除此之外，他没有任何东西可以向它扔去。他把书扔过去，不过那本书的装订已经散了，封皮飞向了一边，书的本身和书页也飞向另一边。猫儿在房间里缓慢地向后退了几小步，盯着汉斯，仿佛是说：

"小汉斯，请你不要去干涉这件事！我可以跳，也可以走，你哪一样都做不到！"

汉斯双眼紧紧地盯着猫儿，心中感到十分不安，鸟儿也很焦急。附近也没有其他人可以喊。猫儿似乎了解一切，它准备再跳一次。汉斯挥动着被单，因为他现在还可以用他的手，但是猫儿对于那挥动的被单一点都不在乎。当被单扔到它旁边来时、没有发生一点作用，猫儿一纵就跳上椅子，站在了窗台上，离鸟儿的距离更近了。

汉斯感觉他身体里的血正在沸腾，但是他没有详细考虑到自己，他只是想着鸟儿和猫儿。这孩子没有能力走下床来，没有办法用腿站立着，更不要说走路了。当他看见猫儿从窗台上跳到柜子上、之后又把鸟笼推倒了的时候，他的心好像在旋转。鸟儿在笼子里面疯狂地拍打着翅膀。

汉斯尖叫了一声，他感到身体有一种震动。这时他也顾不得什么，就从床上跳了下来，向衣柜快速跑过去，一把抓住笼子——鸟儿已经被吓坏了。他手里拿着笼子，快速跑出门外，一直向大路跑去。

这时眼泪从他的眼眶里淌了出来。他高兴得发狂，高声地喊："我可以走路了！我又能走路了！"

　　他现在恢复健康了。那种事情是有可能发生的，但现在竟在他身上发生了。

　　小学老师住得离这儿不是很远。汉斯打着赤脚，只穿着上衣和衬衫，提着鸟笼，向他大步跑去。

　　"我可以走路了！"他大声说。"我的天呐！"

　　于是他快乐得快哭出来了。

　　园丁叔斯玎和园丁奥列的家里如今充满了快乐。

　　"这是我们遇到的最快乐的日子！"他们两人一齐大声说。

　　汉斯被请到那个公馆里去。这条路他好几年都没有走过了，他所熟识的那些硬果灌木林和树好像在对他点头，说："早安，汉斯！欢迎你再到这里来！"太阳照在了他的脸上，也照进了他的心里。

　　公馆里的主人——那对年轻幸福的夫妇——叫他和他们坐在了一起。他们的样子很愉快，仿佛他就是他们家庭成员似的。

　　那位太太是最高兴的，因为她之前曾经送过他那本故事书和一只歌鸟——事实上这鸟儿已经死了，被吓死了，不过它之前曾经让他恢复了健康；那本故事书也令他和他的父母得到了很多启示。他现在还保留着这本书，他要继续读它——不管他的年纪变得多大，他都要一直读它。从此以后，他也是家里一个有用的人了。他打算学一门手艺，而他的愿望是当一个钉书工人。他还说："因为这样我就能读到所有的新书啦！"

　　有一天下午，女主人把他的妈妈和爸爸都请去。她和她的丈夫都谈论过有关汉斯的事情，他是一个既聪明又喜欢读书的好孩子，也有欣赏的能力。上帝总是会成全那些好事的。

　　妈妈爸爸这天晚上从那个农庄里一回到家里来，十分高兴，尤其是叔斯玎。才只不过一个星期以后，她开始哭起来了，因为小汉斯要离开家里。他穿着新衣服，他是一个很好的孩子，可如今他要横渡大海，越洋到另一个地方去上学，而且还要去学习拉丁文。他们要在很多年以后才能再次看见他。

　　他没有带走那本故事书，因为爸爸妈妈要把它留下来当作纪念。爸爸经常阅读它，但是他一直只看那两篇小故事，因为他只懂得这两篇。

　　他们接到了汉斯的来信——而且一封比一封显得愉悦。他是和很好的人住在一起，生活过得很好。他最喜欢在学校读书，因为值得知道和学习的东西实在是太多了。他希望可以在学校里住上一百年，然后再成为一名教师。

　　"我们只希望那时我们还活着！"妈妈爸爸说。他们紧握着手，好像是心照不宣。

　　"请想想汉斯吧！"奥列说，"上帝也怜惜穷人家的孩子们！而且事情恰好发生在跛子汉斯身上！这不是很像汉斯以前从那本故事书中曾经念给我们的那个故事吗？"

神　方

　　一位公主与一位王子如今还在度蜜月，他们感到自己十分幸福。但是只有一件事情令他们非常苦恼，那就是：怎样让它们永远像现在这般幸福。所以他们就想得到一个"神方"，用来防止他们夫妻生活中可能出现的不幸。他们经常听说深山的丛林里居住着一位大家都公认的智者，对于处在灾难和困苦中的人，他都可以做出最适当的忠告。于是这位公主和王子特地去拜访他，同时也对他讲了他们心中的事。这位智者了解到他们的来意之后就说："你们可以到世界各地旅行玩玩。无论在哪里，只要你们遇到一对完全幸福的夫妇，你们就向他们要一片他们贴身穿的衣服的布片。你们一定经常把这块布片带在身旁，这就是唯一有效的方法。"

　　于是公主和王子骑着马走了。没过多久他们就打听到一位骑士的名字，并且听说这位骑士和他的妻子过着非常幸福的日子。他们来到他的家里，便问：他们结婚后生活是不是真如传说的那样，过得非常的美满幸福。

　　"一点都不错！"对方回答说，"只是有一件憾事：我们没有孩子！"

　　在这里是不能得到"神方"了。公主和王子只好旅行到更远的地方，去寻找绝对非常幸福的夫妻。

　　他们来到另一个城市中。听说这里住着一位市民：他和他的妻子过着极其恩爱的幸福的生活。于是他们去拜访他，并且问他是不是如大家所说的一般，过着真正美满幸福的婚后生活。

　　"对，我们的确过着这样的生活！"这个人说，"我的妻子和我一起过着世上最美满的生活，但是我们的孩子太多了——他们经常给我们带来很多麻烦和苦恼！"

　　因此在这对夫妻身上也找不出什么"神方"。公主和王子就向更远的地方去旅行，不停地寻问过着幸福生活的夫妻，然而一对都没找到。

　　有一天，正当他们在草场和田野上漫步的时候，距离大路不远处他们遇到一个牧羊人。这人在高兴地吹一管笛子，正在此时，他们发现一个女人一手牵一个孩子，一手抱一个孩子，朝他走来。牧羊人一看到她，就立刻向她走去，向她问好，并且把那个较小的孩子接过来，亲了一下，然后又抚摸了他的头。牧羊人的狗也向那男孩子跑了过来，舐着他的手，狂叫一会儿，然后又快乐地狂跳一阵。与此同时，女人将她带来的食物取了出来，说："爸爸，过来，快吃饭吧!"这男人坐下来，接过食物，将第一口放进较小的孩子嘴里，把剩下的分给男孩子和那只牧羊犬。公主和王子亲眼看见，并亲耳听到这一切。他们走得更近了，对牧羊人这一家说："你们一定是大家口中所谓的过着最幸福、最满足生活的夫妇了吧?"

　　"对，我们是的!"丈夫回答说，"感激上帝! 我相信没有哪个公主和王子可以像我们这样快乐!"

　　"那好，"王子说，"我们有一件事需要你们帮助，你决不会为难的。请你把你最贴身穿着的那件衣服撕下一块送给我们吧!"

　　听到这句话，牧羊人与他的妻子就惊讶地互相呆呆地望着。最终牧羊人说："上帝知道，我们非常愿意送给你一块，只要我们有的话，不仅仅是布片，就连整件的衬衫或内衣都可以给你们，只是我们真的连一件破衣服都没有了。"

　　现在公主和王子没有办法，只能再旅行到更加远的地方去。后来，他们对于这种漫长而毫无结果的旅行感到厌烦起来了，所以他们就回到了家中来。当他们路过那智者的茅草屋的时候，他们就开始责骂他，因为他所给的忠告根本是什么用都没有。他们把旅行的经过完整地告诉了他。

　　这位智者微微笑了一下，试探性说："难道你们的旅行是真的没有结果的吗? 你们现在不是已经带着非常丰富的经验回到家里来了吗?"

　　王子回答说："是啊，我已经了解到，'满足'是这个世界上一件最难得的宝贝。"

　　公主说："我也领悟到，一个人想要感到满足，根本没有别的好办法——只有自己满足才可以了!"

　　于是王子牵着公主的手,互相对视,显露出一种极端幸福的表情。此时那位智者祝福他们,说:"现在你们已经在自己的心里找到了真正的'神方'!好好地保留它吧,只有这样,那个'不满足'的妖魔对你们就永远没有办法了!"

哇哇报

　　森林里全部的鸟儿都坐在树枝上，而树枝上的叶子有很多。但是他们全体还希望有一批更新的、更好的叶子——那种他们所需要的批评性的报纸。不过这种报纸在人类中间有很多，多到只须有一半就足够了。

　　歌鸟们都希望有一位音乐批判家来称赞自己——并且也批评其他人（这是必须的）。但是要找出一个非常公正的批判家来，他们却无法获得一致的意见。

　　猫头鹰说："那必须是一只鸟儿。"因为他是智慧之鸟，他被选为主席。"我们一定不能在别的动物中挑选，唯有海里的动物是例外。鱼儿能够飞，像鸟儿一样能在空中飞，不过他们是我们仅有的亲族了。但是在鸟儿和鱼儿之间，也还有很多别的动物。"

　　这时鹳鸟就说话了。他嘴里咯咯咯地冒出一种声音来：

　　"在鸟儿和鱼儿之间，确实还有别的动物可以选。我建议选沼泽地的伙伴——青蛙，他们也非常富于音乐天赋。他们在寂静的森林中歌唱，就如同教堂的钟声一样，弄得我总想往外跑！"鹳鸟说。"他们一开口就唱歌，于是翅膀就痒起来了。"

　　"我也建议选青蛙，"苍鹭说道。"他们既不是鸟，又不是鱼，然而他们与鱼住在一块，且唱起来又似鸟儿。"

　　"可以，这算是有关音乐的部分，"猫头鹰说。"但报纸还可以记载树林里所有美好的事情，所以我们还需要有撰稿人。我们不如把自己家里的所有成员考虑一下。"

　　于是云雀高兴地唱起来了："青蛙不可以担任编辑。最好由夜莺来担当！"

　　"别叽叽喳喳地乱叫！"猫头鹰说。"我请求你！我知道夜莺。我们全是夜鸟，我和他都不可以担任。我们的报纸应该是一个哲学化和贵族化的报纸——一个上流社会的、让上流社会主导的报纸。必然是也应该是普通人的机关报。"

他们全部同意，报纸的名字应该是"晚哇哇"或"早哇哇"——或不如叫它"哇哇"。大家都赞同最后这个名字。

这算得上是满足了树林里的一个急迫的需要。蚂蚁、蜜蜂和鼹鼠答应他写有关工业和工程项目的文章，由于他们在这个方面有很独特的看法。

杜鹃是大自然的诗人。他虽然不应该算是歌鸟，可是对于普通人说来，他却是特别重要的。"他总是在赞美自己，他是鸟类里虚荣心最强的，可他却是其貌不扬。"孔雀说。

绿头苍蝇到森林里来拜会报纸的编辑。

"我们希望为您效力，我们了解人类、编辑和人类的批判。我们将我们的蛆生长在新鲜肉里，不到一昼夜，肉就腐败了。为了对编辑效力，在需要的时刻，我们还可以将一个伟大的天才摧毁。假如一个报纸是一个政党的宣传单，它能放粗暴些。假如你丢失一个定户，就能捞回十六个。你能没有礼貌，替他人乱起绰号，嘲笑人家，像有些帮会里的年轻人那样用手指吹着口哨，这样你就能变成一国的权威。"

"这个在空中的无家可归的人！"青蛙谈论到鹳鸟时说。"我在幼时认为他了不起，对他崇拜得五体投地。当他在沼泽地里走着，谈论起埃及的时候，我控制不住幻想起那些美丽的外国来。他现在再也勾不起我的遐想——那不过是一种后来的回音罢了。我现在已经变得有理智、非常聪明和重要了——由于我在'哇哇'报上刊登批判文章。用我们确定的字句和语言讲，我确实是一个所谓的'哇哇者'"。

"人类世界中也有这样的人。对于这件事，我正在为我们报纸的最后一页写一篇论文。"

纸　牌

　　人们可以用纸剪出并贴出多少不可思议的东西来啊！小小的威廉就这样剪出并贴出了一个宫殿：它的体积非常大，占满了整整一个桌面；它被涂上了好看的颜色，好像它就是用红砖砌的墙，并且还有闪闪发亮的铜屋顶呢。它有吊桥，也有塔，朝河里的水一望，就如同是镜子一样——它的确是用镜子做的。在最高的那座塔上还有一个用木雕的守塔人，并且他有一个可以吹响的号筒，可是他从不去吹它。这个小孩子亲自放下或拉起吊桥，把锡兵放在这上面散步，有时打开宫殿的大门，向那个宽大的宴会厅里探望，厅里挂着很多镶在镜框中的画像。这些都是从纸牌里剪出来的：红心、梅花、方块和黑桃等。

　　国王的头顶上戴着王冠，手里拿着王节；皇后戴着面纱，一直垂到肩上，手中还拿着花。贾克拿着摇摆着的羽毛和戟。

　　有天晚上，这个小家伙敞开宫殿大门偷偷地朝大厅里窥望。大厅的墙上挂着很多花牌，它们真如同大殿上挂着的古老画一般。他觉得国王好像正在用王节向他致敬一般，黑桃皇后也在晃着她手中的郁金香，红心皇后举起了她的扇子。四位皇后都客气地表示发现到了他。为了要看得再仔细一点，他就把头更向前探一些，结果撞到了宫殿，弄得它摇动起来。此刻红心、梅花、方块和黑桃的四位贾克就举起了戟，警告他不能再向前一步，因为他的头实在太大了。

　　小家伙点了点头，然后又点了一次。接着他就说："请说几句话吧！"可是花牌一句话都没说。然而当他对红心贾克点第三次头的时候，红心贾克就从纸牌（它很像一个屏风似的挂在墙上）中跳出来。他站在大厅中央，帽子上的那根羽毛晃动着，他手中拿着一根铁皮包着的长矛。

　　他问这个小家伙："你是谁？你虽然有明亮的眼睛和整洁的牙齿，可是你的手却洗得不干净!"

当然这句话是说得不太客气。

小家伙说:"我叫威廉,这个宫殿是我的,也就是说你也是我的红心贾克!"

"我是属于我的国王和皇后的贾克,不属于你!"红心贾克说。"我能够从牌里走出来,走出宫殿;与我相比,我高贵的主人当然也可以走出来。我们能一直走进广大的世界中,不过我们早已经厌烦出去。

坐在纸牌之中,保持我们的原来面目,要比那样愉快和舒服得多。"

小家伙问:"难道你们以前是真正的人吗?"

红心贾克说:"当然是啦!不过就是不够好。请你帮我点一支蜡烛吧——最好是一支红的,因为这是我的,也是我的主人的颜色。这样,我就能将我们的故事告诉给宫殿中所有人——因为你刚才说过,你就是这个宫殿里的所有人。但是请你不要打断我,因为我讲故事时,就要一口气讲完!"

于是他就开始讲了:

"这里一共有四个国王,他们都是亲兄弟,其中红心国王的年纪最大,那是因为他一生下来就有一个金苹果和金王冠,他马上就开始统治国家了。然后他的皇后生下来就拥有一把金扇子——你能看得出来,她现在依然有。他们的生活过得特别幸福,他们不须上学校,还可以整天地玩耍。他们做出了宫殿,之后又把它拆下来;他们毁掉了士兵,又和玩偶玩耍起来。如果他们想要吃黄油面包,面包总是两面涂根,我们的主人就应该有三根了。我是最后一个到来的,我已经是非常没有面子了,人们在圣诞节还为我起了一个外号:故意叫我'哭丧的贝尔',谁也不希望我在纸牌中出现。是的,我还有一个更讨厌的名字——说出来真是不好意思,人们还把我叫作'烂泥巴'。我这个人原来还是黑桃国王的骑士呢,但如今我可是最后的一个人了。我不想讲述我主人的历史。你是这位宫殿的拥有者,如果你想了解的话,就请你自己去想象吧。不过我们仍是在下降,不是在向上升的,除非有一天我们能够骑着枣红马向上爬,爬得比天上的云还高。"

之后小小的威廉在每一个国王与每一个皇后面前都点了三支蜡烛,骑士的大殿中真是大放光彩，比在最华贵的龙宫里还要明亮。这些高贵的国王与皇后们都客客气气地彼此致敬，黑桃皇后在捻着她那朵金郁金香，红心皇后在摇着她的金扇子——它亮得像燎着的焰花，像燃着的火。这高贵的一群人跳到大殿里来，舞动着，一会儿像焰火，一会儿像火光，整个的宫殿仿佛一片焰火。威廉害怕地跳到一边，大声地叫："妈妈！爸爸！宫殿烧起来了！"宫殿还在射出火花，要烧起来了，"如今我们可以骑着枣红马爬得非常高，比云还要高，一直爬到最高的光辉灿烂里去。这才正合乎国王与皇后的身份。贾克们快跟上来吧！"

于是，威廉的宫殿和他的花牌就这样毁坏了。威廉现在依然活着，也经常洗手。

他的宫殿虽然烧掉了，但不能怪他。

幸运的贝儿

一

在一条特别有名的大街上，有一幢非常漂亮的古老房子。它四面的墙上都镶有玻璃碎片，这些玻璃碎片在月光和阳光中闪亮，就像墙上镶有钻石一样。这表示非常富有，而屋子里的人也的确是很富有。

人们说这位商人有钱到此种程度，他完全可以在客厅中摆上两桶金子；他甚至还能够在他的小儿子出生的那个房间的门口放上一桶金币，作为他将来的储蓄。

当这个孩子在这个富有家庭中出生的时刻，从地下室一直到顶楼上住着的所有人们都表示出极大的兴奋。甚至一两个钟头之后，顶楼里依然十分欢乐。此时仓库的看守人与他的妻子就住在那上面，他们在这时候也生下了一个小儿子——是我们的上帝赐予、由鹳鸟送来、由妈妈生出来的。说来也很是凑巧，他的房间门外也放着一个桶，但是这个桶里装的当然不是金币，而是一堆没用的垃圾。

这位富有的商人是一位十分正直和善的人。他的妻子也是很秀气，总是穿着非常讲究的衣服。她相信并敬畏上帝，所以她对穷人很善良，很客气。大家都祝贺这对夫妻生下了一个小儿子——他一定会长大成人，并且会像他的父亲一样，非常富有。

孩子接受了洗礼，取名为"费利克斯"。这名字在拉丁文中是"快乐"的意思。实际上他也是如此，而他的父亲更是如此。

至于那个仓库的看守人，他的确是一个难得的老好人。他的妻子是一个诚实而勤俭的女子，凡是认识她的人，没有一个不喜欢她的。他们生了一个小男孩，该是多快乐啊，他的名字叫贝儿。

住在顶楼上的孩子和住在第一层楼上的孩子从自己的父母那儿得到同样多的关爱，而直接从我们敬爱的上帝那里所得到的阳光便更多。话虽如此，然而他们的地位终究还是大不相同：一个是生活在下面，一个是生活在顶楼。贝儿高高坐在上面，他的保姆是自己的母亲；费利克斯的保姆则是一个陌生人，然而她很正直和善良——这可是在她的品行证明书上写得非常清楚。这个有钱的孩子拥有一辆婴儿车，常常由他这位服饰整齐的保姆推着。然而住在顶楼上的孩子则是由他的妈妈抱着的，无论妈妈穿的是节日盛装还是普通衣服，他都同样感到快乐幸福。

不久两个孩子就开始懂事了。他们在逐渐长大，能用手比划出他们有多高，并且还可以说出单音话来。他们同样地惹人喜欢，同样地喜欢吃糖，同样得到父母的关爱。他们长大了，对于这位商人的马和车同样感到非常有兴趣。费利克斯得到允许和保姆一起坐到车夫的位子上，看管马儿，他甚至还经常想象自己赶着马儿呢。当男主人与女主人坐着马车外出的时候，贝儿得到允许坐在顶楼的窗子后边，向街上眺望。他们离开了之后，他就搬两个凳子到房间中来，一个放在后面，一个放在前面，他自己则坐在上面假装赶起马车来。他是一位真正的车夫，这也就是说，他比他所想象出的车夫还要更像样一些。

这两个小家伙玩得很不错，然而他们到了两岁时，才开始彼此讲话。费利克斯总是穿着华丽的天鹅绒和丝绸衣服，并且像英国人的那个样式，腿总是露在外面的。住在顶楼上的人总是说，这个可怜的孩子肯定会被冻坏！至于贝儿，他的裤子一直长达脚后跟。不过有一天他的衣服自膝头那儿被撕破了，所以他也觉得有一股阴风吹进来，和那位商人的娇小儿子把腿露在外面并没有两样。此时费利克斯和他的妈妈一起，正要走出门；而贝儿也和他的妈妈一起，正要走进来。

商人的妻子说："和小贝儿牵牵手吧！你们两人可以说几句话呀。"

之后一个就说："费利克斯！"另一个就说："贝儿！"当然，这一次他们只说了这些。

那位富有的太太特别疼爱她的孩子，不过贝儿当然也有一个非常疼爱他的人——那就是祖母。她的视力不太好，但是她在贝儿身上所能看出的东西要比他的爸爸妈妈看到的多得多——其实是要比任何其他人都多。

她说："这个甜蜜的孩子，将来一定会很了不起的！他是手中捏着一个金苹果降生的。虽然我的视力不好，但这点我还是可以看得出来的。苹果就在那里，并且还在发着光呢！"接着她就吻了一下小家伙的手。

但是他的爸爸妈妈看不出有什么金苹果，他自己也看不出来有什么金苹果。可是当他慢慢长大了、开始懂得一些事情的时候，他也就愿意相信这种说法了。

爸爸妈妈说："以前有过这样一个故事，有过这样一个童话，如祖母所讲的一般！"

是的，祖母擅长讲故事，并且同样的故事贝儿也是百听不厌。她教给了他一首圣诗，并且也教他念主祷文。他全部会念，只是没有调子而已，但是遇到些意义不连贯的词儿时，祖母就将每一句祈祷都仔细解释给他听。尤其当祖母讲到"我们每天都吃面包，今天请赐给我们"时，他的印象特别深刻。他一直懂得，有的人吃黑面包，有的人却得吃白面包。一个人雇佣很多人的时候，他就要有一幢很大屋子；虽然有的人境况要差一些，但即使住在顶楼上的一个小房间中，也同样可以感到快乐。"每个人都是如此，这其实就是所谓'每天的面包'。"

当然贝儿也有天天吃好面包与幸福的时光，可是好景并非是永恒不变的。悲惨的战争时期开始了。年轻的人要离开，年老的人也要离开。贝儿的爸爸被征召入伍了，没多久消息就传回来了：他是在抵抗占着优势的敌人时第一个在战场上牺牲的。

顶楼上的那个小房间中充满了悲恸。妈妈在哭，祖母和小贝儿也都在哭。每一次只要有一个街坊来看望他们，大家就都会谈起"爸爸"，之后大伙儿就一起哭起来了。与此同时，未亡人得到允许可以继续住在顶楼之上，并且在第一年能够完全不付租金，以后则略微付一点房租。妈妈跟祖母住在一起，她替那堆她所谓"英俊的单身绅士"洗衣服，就这样来维持生计。贝儿既没有困苦，也没有悲哀。他吃的喝的全部都有，而且祖母还经常讲故事给他听——关于大千世界中的一些奇异的故事。有一天贝儿问她，他们两人能不能在某个礼拜天里到外国去看一看，回到家来就会成为戴着金王冠的公主和王子。

"要做这种事情，我的年纪实在是太大了，"祖母说，"你必须先学习很多东西，变得强壮和高大，但同时还要像你现在一样做一个善良与可爱的孩子！"

贝儿骑着木马在房间里四处玩。他有这样的木马两匹，然而商人的儿子却有一匹真正的活着的马——但小得很，人们简直可以称它为"马孩子"。实际上贝儿就是这样称呼它，它从来都长不大。费利克斯经常骑着它在院子里跑来跑去，有时还跟着爸爸妈妈和皇家的骑师一起骑着它出门去。在开始的半年内，贝儿不大喜欢自己的马儿，也非常不愿意骑它们，因为它们是假的。他问妈妈，他为什么不能与费利克斯一样，拥有一匹真马。妈妈说："那是因为费利克斯是住在楼下，离马厩特别近呀。可是你却住在顶楼上，人们不可以在顶楼上养马呀。你只可以养你现在的这种马，骑它们去吧！"

所以贝儿就骑了。他首先骑到橱柜那边去——这是一座藏有很多宝物的大山：贝儿和妈妈在礼拜天穿的好衣服都放在这个里面，她积攒下来用于付房租的那些雪白的银洋也放在这里面。接着他又骑到火炉那儿去，他称它为大黑熊。它睡了一整个夏天，不过每当冬天来到的时候，它就会起一点作用，让房间温暖起来，并可以把饭煮熟。

贝儿还有一个干爸爸，在冬天时他每个礼拜天都会来，并且吃一天热饭。祖母和妈妈说，他的境况不太好。他原来是一个马车夫，一直喜欢喝几杯，所以经常在工作中睡着了。无论是当马车夫或当兵，这都是不允许的。所以最终他只配赶着一辆出租马车，当一个赶车人，不过有时他也为漂亮的人物赶赶四轮马车。如今他则赶着一辆破垃圾车，摇着一个总是发出粗声的乐器，从这家门口拉到那家门口：咔嗒……咔嗒……于是主妇和女佣人，就从房子中走出来，提着满满的一桶垃圾，向他的车子里一倒。废物和脏东西，垃圾和灰土，统统都倒在里边。

有一天贝儿从顶楼上溜下来。妈妈去城里了，他站在敞开的大门旁，干爸爸和垃圾车就在外边。"你想不想坐一下车子？"他问。贝儿当然是想的，但是他只能坐到墙拐角那里为止。

贝儿坐在干爸爸的身边，得到允许拿起鞭子，于是他的眼睛就放出得意的神采来。现在他赶着的是一匹真正的活马，并且一直赶到墙拐角那里去。此时他的妈妈回来了，她的面色非常不好看，那是因为看到自己亲爱的儿子正赶着一辆垃圾车究竟是不舒服的。他必须立刻下来。即使如此，她依然对干爸爸道了一声谢。然而，回到家里以后，她就不允许贝儿再做同样的事情了。

有一天贝儿又走到大门口来。这里不再有干爸爸来叫他去赶垃圾车，但是新的诱惑却出现了。有四五个野孩子正在一条阴沟里搜寻人们忘掉或遗失掉的东西。他们有时找到一个铜板或一个扣子，可是他们也有时被针头或玻璃瓶的碎片所扎伤。如今的情形就是这般，贝儿参加到他们的活动之中。当他来到阴沟中的时候，他在石头缝里找到了一枚银币。

第二天他又去了，和另外一些孩子在一起搜寻。他们都把手指弄脏了，可是他却找到了一枚金戒指。贝儿用得意的眼光，把他这件幸运的事情指给大家看。但是大家向他身上扔了很多脏东西，同时称他为"幸运的贝儿"。他们从此就不允许他再与他们在同一个地方找东西了。

在商人的院子后边有一块低洼的地方。这块地方要填满，当作建筑工地。灰土和沙石都被运到这里来了，整堆整堆地倒了进去。干爸爸恰好也在运这些东西，可是贝儿却不可以和他一起赶马车。野孩子们有的用手，有的用棍子，在这些脏东西中搜寻。他们总能找出一些似乎值得一找的某些东西。

于是小小的贝儿也来到这里。

大家看到他之后，便喊道："幸运的贝儿，快滚开吧！"当他走近些的时候，他们就向他扔几把脏土。有一把扔到了他的木鞋上，撞散了，然后就发现有一件发光的东西从那里边滚出来。贝儿把它拾起来，原来是一颗琥珀雕的心。他拿着它马上跑到家中来，其他孩子都没有发现这个东西。你看，即使当其他人对他扔脏东西的时候，他都是很幸运的。

贝儿把他所拾得的银币都存在他的储蓄匣里。至于琥珀心和戒指，妈妈则将它们拿给楼下商人的太太看，由于她想知道这会不会别人的遗失物，需不需要"报告警察局"。

当商人的太太看到这枚戒指时，她的眼睛突然变得很亮！这原来就是她的订婚时的戒指，三年前她遗失掉的。它竟在阴沟里呆了那么久。

于是贝儿得到一笔酬金，这使得他的储蓄匣里能摇得咯咯地响。太太说，那枚琥珀心是一件不太值钱的物品，贝儿可以自己保留下来。

在深夜里，琥珀心放在柜子上，祖母睡在床上。

"哦，是什么东西燃烧起来了吗？"祖母说，"倒好像那边点着一根蜡烛一样！"她爬起来看了看，是那颗琥珀心。是的，祖母的视力虽然不太好，可是她经常能看出一些别人看不到的东西，她有她的一套思想。第二天清晨，她用一根结实的细绳子穿进这颗心上的那个小孔，将它挂在了小孙子的脖子上面。

"你无论何时不能把它取下来，除非当你需要换一根新绳子时。你也不可以让别的孩子知道你拥有这件宝贝，否则他们一定会把它抢走，那么你就会得肚痛病！"事实上，这也就是小贝儿所知道的唯一痛苦的疾病。

这颗心里面有一种神奇的力量。祖母指给他看：如果他用手把它擦了几下，然后再放一棵小草在它边上，那么这根草就如同有了生命一般，跳到琥珀心的身旁，怎样都不会离开的。

二

商人为他的儿子请了一个家庭教师，单独地教他读书写字，同时也和他一起散步。贝儿也应该接受教育，因此他就和很多其他的孩子一起进一个普通小学里。他们在一起玩耍，这比和家庭教师在一起散步要有趣得多了。贝儿非常不愿意再换到别的地方！

贝儿是一个幸运的孩子，不过干爸爸也是一个"幸运的贝儿"，虽然他的名字并不叫贝儿。但他曾经中过一次彩：他和十一个人一起买了一张彩票，中了二百元大洋。他立刻买了新的衣服穿，并且穿起了这些衣服，他的模样还蛮帅哩。

幸运不是总单独来到的，它常和别的东西一起。干爸爸也是一样。他不再赶垃圾车了，而是参加了剧院里的工作。

"这里发生了什么事情？"祖母说，"难不成他要登台唱戏了吗？扮个什么角色呢？"

其实是当道具工人。

这可算是向前迈进了一大步。从此他变成了一个完全不同的人。他一直演戏，即使他总是从侧面或顶上看。最好看的是芭蕾舞，但是表演芭蕾舞却需要费相当大的气力，并且还经常有起火的危险。他们在人间起舞，也在天上起舞。对于小贝儿来说，这真是非常值得一看的东西。有一天晚上，有一个最新的"彩排"——这便是人们对于一个新芭蕾舞预演时所用的名词。在这个舞之中，每个人都穿戴整齐，打扮得非常漂亮，好像大家在这天晚上付出很多钱完全是为了看这个场面一样。他得到许可可以把贝儿也带过去，而且还替他找到了一个好位子——在这个位子上他什么都可以看见。

这是按照圣经上参孙的故事而改编的芭蕾舞：非利士人围绕着他跳舞，而他要把整个的房子都推倒了，压到他们与自己的身上。然而旁边都准备好了消防员和救火机，以防万一发生什么意外。

小贝儿从来都没有看过戏，当然更谈不上什么芭蕾舞了。他穿上了他礼拜天时穿的最漂亮的衣服，随着干爸爸一同到戏院中去。戏院简直如同一个晾衣服的顶楼，上面挂着大量的帏帐和幕布，下面有许多通路，此外有光和还有灯。前后左右都有很多隐蔽处，人们就从这些地方出来。这又好像是一个有很多座位的大教堂一样。小贝儿坐着的地方稍稍向下倾斜，这儿就是他要坐的地方，一直到散场之后有人来接他为止。他的衣服口袋里装着三块黄油面包，所以他不会感到特别饿的。

很快剧场中就亮起来了。非常多乐师，带着提琴和笛子，突然出现了，就像他们是从地底中冒出来似的。在小贝儿身旁的位子上坐着几个穿着很普通的人，可是却有些戴着金色窄边拿破仑帽的骑士，戴着花朵和穿着纱衣的漂亮小姐，甚至于还有背上插着几双翅膀的天使安琪儿呢。他们有些坐在楼上，有些坐在楼下，有些坐在楼厅，有些坐在底层。他们全部都是芭蕾舞中的舞蹈家，但是小贝儿却毫不知情，他以为这些人都是祖母以前讲给他听的那些童话里的人物。是的，有一个女人戴着一顶金色的窄边帽，手里拿着一把长矛，她是一个非常漂亮的人儿。她坐在一个山神和一个安琪儿之间，好像是高于一切人以上。嗨，这里值得一看的东西还真是多啊，然而真正的芭蕾舞还没有开始。

忽然间全场都变得沉寂。一位身着黑衣的男士挥动着一根细小的魔棒，然后所有的乐师就都奏起音乐来了。音乐逐渐地在剧场里飘荡起来，一面墙也同时慢慢地上升，于是一个花园出现在眼前，太阳在它的上面照着，全部的人都开始跳跃和起舞。像这样一种华丽的景象，小贝儿是根本没有想象到的。之后有军队在开步走，有战争爆发了，接着就是一个宴会的开始，大力士参孙和他的爱人都出现了。

她是如此的恶毒，也正如她是如此的美丽一样。她出卖了他，于是非利士人把他的眼睛挖掉了，他必须推着磨石，他必须在宴会厅中成为大家嘲笑的对象。可是他抱着那根支着屋顶的石柱，摇动着这些柱子，摇动着整个的房屋。屋子最终倒下来了，显现出花花绿绿的火焰。

小贝儿能够在这儿坐一生，专门看这些表演——哪怕那几块黄油面包都吃完了，他也一点都不在乎。事实上他也早已吃光了。

唔，等他回到家中，他可算有故事讲了。他怎么都不愿意上床去睡觉。他用一条腿站着，然后把另一条腿放在桌上——这就是参孙的爱人和那些其他的小姐们所作的动作。他把祖母坐的椅子看作一个踏车来用，同时将另外两把椅子与一个枕头压到自己身上显示宴会厅倒塌时的情景。他把这些情景都表演出来了，当然，他还有伴着表演的全部背景音乐。芭蕾舞中本来是没有对话的，然而他却唱起来了——时而低沉，时而高亢，非常不协调，这简直像一出歌剧一样。最令人诧异的是他那美丽的、如同铃声一样的声音。可是谁也没提起这件事情。

在之前，贝儿很希望当一个杂货商店的小工，专卖沙糖和干梅子一类的东西。现在他了解了还有比那更令人向往的工作，这就是"变成参孙故事中的人物，跳芭蕾舞"。祖母说，有很多贫穷的孩子后来走过这条道路，并且后来成为有优秀和名望的人；但是她决不能让家中的任何女孩走这条路。不过一个男孩就不一样了，他可以站得很稳。

但是，在那整幢房子倒下来之前，贝儿没有看到任何女孩子倒下来过。他又说，即使倒下的时候也会大家一起倒下的。

三

小贝儿希望做一个芭蕾舞演员，并且非如此不可。

他的妈妈说："我简直是没有办法管他！"

终于有一天，她带贝儿去见芭蕾舞大师。这人是一位阔气的绅士，他如同一个商人一样，也有着一幢属于自己的房子。贝儿将来可以达到这种地步吗？对于我们的上帝来说，根本没有什么事情是不可能的。贝儿是手中抱着一个金苹果出生的，幸运就在他的手中——也可能在他的腿上吧。

贝儿去拜访那位芭蕾舞大师，并且马上就认出来了，他就是那个参孙。他的眼睛根本没有在非利士人手中吃什么亏，他清楚那只不过是演戏。参孙用愉快和和蔼的眼光看着他，并且告诉他站直，露出脚踝。然而贝儿却把整个的腿和脚都露了出来。

祖母说："他就是像这样在芭蕾舞里找到了一个位置！"

这件事没有花很多的力气就与芭蕾舞大师办好了，但是在这之前，祖母和妈妈曾经作过很多的准备工作，征求过一些有见识的人的建议——首先就是那位商人太太的建议。她说对于像贝儿这样一个体面漂亮的孩子来说，这是一条完美的道路，可是没有什么大的前途。所以他们就又去与佛兰生小姐商讨，这位老小姐了解有关芭蕾舞的所有事情，因为在祖母还特别年轻的那些时间里，曾经她也一度是舞台上的一位美丽的舞蹈家。她扮过公主和女神的角色；她每到一个地方都受到敬意和欢迎。然而后来因为她的年纪大了（我们都会一样）就再没有什么主要的角色让她演了，她只好在一些年轻人的后面跳舞，最后她只能退出舞台，做一些化妆工作——为那些扮公主和女神的角色化化妆。

"事情就是这样！"佛兰生小姐说。"舞台的道路是非常美丽的，可是布满了荆棘。那上面开满了嫉妒之花！是嫉妒之花！"

这句话贝儿是根本听不懂的，不过等他到了一定的年龄，他自然会了解的。

妈妈说："他是死了心要学习芭蕾舞！"

祖母说："他真实是一个虔诚的小基督徒！"

"而且还很懂规矩！"佛兰生小姐说。"既懂得规矩，又很有道德！我在全盛时期也不过是这样。"

不久贝儿就这样走进了舞蹈学校。他拿到了几件夏天穿的薄底舞鞋和衣服，为了要让他的身体显得轻盈一些。所有年龄比较大的舞蹈女生都来吻他，还说，像他这样的孩子简直想一口吞下去一样。

他要稳稳地站住，把腿翘起来才不至于倒下。与此同时，他要学习挥腿——先挥左腿，然后挥右腿。比起其他的许多学生来，他对于这件事感到并不太困难。那个教跳舞的老师拍着他的肩，说他很快便可以参加芭蕾舞的演出了。他表演一个国王的儿子，他将要戴着一顶金制的王冠，然后被人抬到盾牌上。起初他在舞蹈学校里学习，后来又在剧院中预演。

祖母和妈妈一定要来看看小贝儿参加的这个场面，实际上她们也真的来看了。虽然这是一个令人愉快的场合，但是她们两个人却都几乎哭起来了。贝儿在这样华光灿烂的景象中却没有看到她们，但是他却看到了商人的一家人。他们就坐在离舞台比较近的一个包厢里，当然小小的费利克斯也在场。他戴着一副有扣子的手套，俨然如同一位成年的绅士一样。虽然他直接就能把舞台上的表演看得非常清楚，但他却整晚都在使用一个望远镜，也就像一个成年的绅士样。他看到了小贝儿，小贝儿也看见了他，但是贝儿却是一个戴着一顶金制王冠的、并且是国王的王子啦。这个晚上这两个孩子之间的关系变得更加亲密起来。

几天之后，当他们在院子里遇到的时候，费利克斯特地走了过来，对贝儿说，他之前看到过他——当他扮演一个王子的时候，当然现在他知道，他已经根本不再是什么王子了，但是他原来穿过王子的衣服，头戴一顶王冠。

"在礼拜天时我将又穿那种衣服和戴那种帽子了！"贝儿说。

费利克斯虽然没有再看见这个场面，可是他却是整晚都在想着它。他倒是很想拥有贝儿的这种位置呢，因为他还没有听过佛兰生小姐的经验之谈：走向舞台的道路上布满了荆棘，充满了嫉妒。贝儿如今还不懂得这句话的重要意义，但总有一天他会懂得的。

那些学芭蕾舞的学生——他的小朋友们——并不都是一些表里如一

的好孩子，他们虽然常常表演天使，而且背上还插上翅膀。其中有一个名叫玛莉·克纳路普的小女孩，当她在表演一个小小随从的角色的时候（当然贝儿也常常表演这个角色）她总是喜欢故意地踩着他的脚背，只是想把他的袜子弄脏。还有一个爱捣蛋的男孩子，他总是用针向贝儿的背上扎。有一天他误吃了贝儿的面包，但是这种错误是不应该存在的，因为贝儿的面包中夹有肉丸子，但这个孩子的面包里却什么都没有。他是不可能会吃错了。

要把这种讨厌的事情全举出来是完全不可能的。贝儿整整忍受了两年之久，但最糟糕的事情还没有到来。有一个叫作"吸血鬼"的芭蕾舞要出演。在这段舞里面，那些特别小的学生将要扮演成为蝙蝠。

他们身穿着紧身衣，后背插着黑色的薄纱做的翅膀。这些小家伙必须用脚尖跑，来表现出他们轻捷如飞的模样，他们同时也要在地板上旋转。这一套表演贝儿是非常擅长的，不过他穿的那套裤子和上衣连在一起的紧身衣却是又旧又易破，已经经不起那种吃力的动作。所以当他正在大家面前卖力表演的时候，哗啦一声，背后裂开了一个口子——从颈背一直裂到了裤脚。于是他那件不够尺寸的衬衫就全部露出来了。

于是所有的观众都哈哈大笑起来。贝儿意识到他衣服的后面裂开了，可是他依然继续地旋转着，旋转着。这却把事情越弄越糟糕，而大家也就越笑越严重了，其他的吸血鬼也都在一旁大笑起来。他们朝他撞过来，而最难以置信的是观众都在鼓掌，齐声喊"好！"

"这都是因为这位裂开了的吸血鬼而发生的！"舞蹈学生们说。从此之后，他们就叫他"裂口"。

贝儿痛哭起来。佛兰生小姐安慰着他说："这只不过是嫉妒而已！"贝儿现在才了解什么叫做嫉妒。

除了舞蹈学校之外，他们还上剧院的正规学校——舞蹈学生在这里学习作文和算术、地理和历史。是的，他们甚至还要修宗教的课程，由于光会跳舞还是不够的——世界上还有比穿破舞衣更加重要的一些事情。在这种事情上，贝儿也是一个很聪明的孩子，比其他的孩子都要聪明，而且得到了很高的分数。然而他的朋友们仍然叫他"裂口"，他们就是在开他的玩笑。最后他再也不能忍受了，他一拳打了出去，拳头落在另一个孩子的身上。这个孩子的左眼底下立刻青了一大块，所以当晚上他在芭蕾舞台上的时候，就必须在左眼底下涂些白油。芭蕾舞老师将贝儿骂了一顿，但骂得最厉害的是那个扫地的女人，因为贝儿的那一拳恰好是"扫"在她的儿子的脸上。

四

小贝儿的头脑里泛起了各种的想法。礼拜天时，他穿上最好的衣服自己一个人出去了，并且没有告诉祖母和妈妈，甚至也没有告诉那位经常给他建议的佛兰生小姐。他直奔去找乐队的指挥去。他相信这个人是芭蕾舞班子之外的一个最主要的人物。他大胆地走进去，说：

"我在舞蹈学校中学习，可是那里面都是嫉妒。假如您能帮助我的话，我想做一个歌唱家或演员！"

乐队指挥问："你的声音好听吗？"同时和蔼地看了他一眼。"我觉得大概认识你啊？我之前在什么地方是不是见到过你呢？你的后背是不是以前裂开过一条口子？"然后他就大笑起来，可是贝儿的面颊却红得像血一样。他不再像祖母说的那样，依然是一个幸运的贝儿。他低着头望着自己的脚面，他希望他能不在这里。

乐队指挥说："唱一首歌让我听听吧！嗨，我的孩子，高兴一些吧！"他托着自己的下巴向上一顶，贝儿抬头一看，看见了他那和蔼的眼睛。之后他就唱一首歌——一首他在剧院中从歌剧《罗伯特，请对我慈悲》里所听到过的歌。

"这是一首非常难的歌，但是你唱得还真不错！"乐队指挥说。"你有一个很好听的喉咙——只要它不裂开！"之后他又大笑一声，并且把他的夫人叫出来了。她也应该来听听贝儿所唱的歌。于是她点了点头，用一种外国语言说了几句话，在这时，剧院的音乐教师走了进来。假如贝儿想要当一个歌唱家的话，这倒是他所必须找的一个人。可是事情也真凑巧，歌唱教师真的走到他前面来了。他也听见了"请对我慈悲"。不过他并没有笑，而表情也不像乐队指挥及他的夫人那般和蔼。虽然这样，他还是决定要使贝儿变成一个歌唱家。

"现在可算是走到正路上来了！"佛兰小姐说。"嗓子比腿更有出息！如果我有好的歌喉，我能够成为一个伟大的歌唱家——没准现在还能当上一个男爵夫人呢！"

妈妈说："或者是一个钉书匠的太太！如果你想有钱，你肯定会嫁给一位钉书匠！"

我们了解这句话后边的意思，当然佛兰生小姐也懂得。

当商人家里和她的人听到了贝儿的这个新的舞台事业的时候，他们都让他唱歌给他们听。其中一天晚上，他们在楼下请了一些客人，他们请贝儿来唱歌。他唱了好几首歌，也唱了"请对我慈悲"。全部的客人都鼓掌，费利克斯也鼓掌。他以前好像听见他唱过：他在马房里曾经把参孙这整部芭蕾舞全唱了出来——而这是他所唱的最动听的歌。

太太说："芭蕾舞是不可以唱的！"

"能唱，贝儿就能唱，"费利克斯说。于是大家就让他唱了。他连哼带嗡，连唱带叙，根本是一套小孩子的把戏，但是那些旋律优美的片断却被表达了出来，大致可以传达这个芭蕾舞故事的大概。全部的客人都觉得这种事情特别好玩，有的大笑，有的赞美，一个比一个的声音要大。商人的太太给了贝儿一大块点心，并且还给了他一块银洋。

这个小孩子是这么幸运啊！他看到了一位坐在大家后面的绅士在严肃地看着他。这人的黑眼珠里露出一种严厉和苛刻的表情，他没有说一句温和的话，也没有笑。这位绅士就是剧院的音乐教师。

第二天下午贝儿去拜访他。他依然像从前一样，非常严肃。

"你昨天到底是干什么？"他说。"难道你不知道，他们是在开你的玩笑吗？再也不要再跑到人家门口，不要做那类的事情——不管是在门外，还是在门里——去唱歌。你去吧！今天我不教你歌唱的课了。"

贝儿走开的时候，感到特别沮丧。老师都已经不喜欢他了，但是事实正好相反，老师比之前更爱他了。这个小家伙也许有一种音乐的天分。无论他是怎样荒唐，但他表现出一个道理，一种非凡的气质。这个孩子拥有一种音乐的才能，并且他的声音洪亮，音域特大。假使他能这样发展下去，这个小小的人物一定会是一个幸运的人物。

如今歌唱的课程已经开始了。贝儿非常用功，贝儿也特聪明。要学的东西特别多，要知道的东西也更多！妈妈辛苦地诚实地工作着，为的是要让他穿得清洁整齐，希望不要在请他去的那些人之间显得寒酸。

他总是在唱歌，总是很高兴。妈妈说，她根本用不着养一只金丝雀了。每个礼拜天祖母和他在一起唱一首圣诗。听到祖母的声音和他那种清新的声音在一起飘扬，真是一件愉快的事情。"这可比他在乱唱的时候要漂亮得多！"在平日里，他如同一只小鸟一样欢乐地发出声音，唱出调子。那些声音和调子，以一种自由自在的节奏，毫无拘束的，在空中回响着，但她把这称作乱唱。他那小小的喉咙里可以发出多么美丽的调子啊！他那小的胸腔里藏着多么优美的声音啊！的确，他可以模仿完整的交响乐！他的声调中有高音笛子，也有低音笛子，有喇叭，也有提琴。他唱起来就像一只鸟儿；不过人的声音是要好听得多，哪怕他是一个小孩子——只要他可以唱得像贝儿一样好。

可是在冬天，当他快要到牧师那儿去受坚信礼的时候，他得了伤风病。这个小鸟的胸腔说一声"吱"！但是他的嗓音就"裂开"了，如同那个吸血鬼背上套的衣服一般。

"这其实也不是什么倒霉的事情！"祖母和妈妈心里想，"现在他不能够再哼什么调子了，他能认真地思考他的宗教。"

他的唱歌教师说，他的声音开始变了。贝儿如今是完全不能再歌唱了。这种情形会持续多久呢？一年，也许两年，没准他的声音永远也不可以再恢复了。这真是一件很大的悲哀。

"考虑考虑你的坚信礼吧，不要再想其他事情！"祖母和妈妈说。"那就练习你的音乐吧！"唱歌教师说，"但是请把你的嘴闭住！"

他心中想着基督教，并且同时他也练习他的音乐。音乐在他的心中鸣奏着。他把所有的旋律（虽然没有词的歌）都用乐谱写下来，最后他把歌词也都记下来。

"你现在成为一个诗人了，小小的贝儿！"当他把歌词和乐谱送来的时候，商人的太太这样说。商人同时也得到一个献给他的、没有歌词的乐谱，费利克斯也得到一个，甚至佛兰生小姐也得到一个——她把它贴在她的剪贴簿中。这本剪贴簿里面贴满了两张乐谱和诗——由两位原来是年轻的中尉、现在是领半薪的老少校赠给她的，至于这本簿子则是由一位"男朋友"亲自钉好赠给她的。

贝儿在复活节时受了坚信礼。费利克斯赠给他一块银表，这是贝儿所拥有的第一块表。他感觉他现在成了一个大人物，不用再向别人问候了。费利克斯爬到顶楼上来，祝贺他，并且把表送给他。他自己则需等到秋天之后才能受坚信礼。他们相互拉着手；他们是两个邻居，都是同一天生的，住在同一个屋子里。费利克斯给他切了一块蛋糕吃——这是专门为了坚信礼这个场合在顶楼里做出来的。

"这是一段充满了光明思想的幸福日子！"祖母说。

"是的，特别庄严！"妈妈说。"我希望爸爸仍活着，能看见贝儿现在的这种情景！"

在下礼拜天时他们三个人都一块去领圣餐。

他们三个从教堂回来的时候，他们听到歌唱教师让贝儿去探望他的消息。贝儿于是去了。

有一个好消息在等待着他，可同时也是一个非常庄严的消息。他要停止唱歌一年时间：他的声音，和农人说的一样，将要变成一块荒地，在这期间，他学习一些东西。可是这不是在京城里，由于在京城中他曾去看戏，完全不能控制自己。他应该去离家三百六十多里地的一个地点去，住在一个老师的家中——此外还有两个年轻的自称自费生住到他的家里。他得学习科学和语文，他将来一定会觉得这些东西非常有用的。全部的教育费一年要花三百块大洋，而这笔钱是由一位"不愿意告知自己姓名的恩人"支出的。

"一定是那个商人！"祖母和妈妈说。

起程的日期来到了。大家流了很多眼泪，相互拥抱，说了一大堆吉利的话。于是贝儿就坐火车走了三百六十多里地，到一个茫茫的遥远的世界里去。

这就是圣灵降临周。太阳在照着，树林是碧绿和新鲜的；火车在它们当中穿过去，村庄和田野接二连三地出现；地主的邸宅隐约地显露了轮廓；牲口在草场上自由移动。一个车站过去了，下一个车站又到了。这个村镇不见了，另一个村镇又出现了。所以每到一个停车站，就有很多人来接客或者送行，车里车外全是一片杂乱的讲话声。在贝儿的座位边上有一位穿着黑色衣服的寡妇在不停地谈论着很多有趣的事情，她谈起她小儿子的坟墓，他的尸体，他的棺材。他真是可怜，我相信即使他依然是活着的，他也一定不会有什么快乐。他现在永眠了，这对于这只小羔羊和她来说，真是一种解脱。

"我为这种事情买花决不省钱！"她说，"你一定了解，他是在一个花钱的日子死去的，由于那时候花儿得从盆子中剪下来！每个礼拜天我都去看他的坟墓，然后放下一个很大的花圈，那上面还打了绸子的蝴蝶结。蝴蝶结没多久就让小女孩子偷走了，打算在跳舞的时候使。蝴蝶结更是诱惑人啊！有一个礼拜天我就去了。我很清楚他的坟墓是在大路的左侧，可是当我到那儿的时候，他的坟墓却是在右侧。

"这是怎么一回事呢？"我问看坟的人，"原来他的坟墓不是在左侧么？"

"不是的，早就已经搬了！"看坟人这样说。"孩子的尸体不是躺在这边，坟堆已经迁到右面来了。原来的地方现在又已经葬着另一个人。"

"可是我要使他的尸体躺在他的坟墓中，"我说，"我有这种权利做这个要求。可他的尸体躺在另一面、而上面又没有任何印记的时候，难道我还要到这里来做一个假坟堆不成？这些事情我是决不做的！"

"对，太太最好是和教长说一说！"

"教长却是一个好人。他允许我把他的尸体搬到左边，这要花五块大洋。我立刻把这笔钱交了出来，使他回到他的老坟墓中去。我现在是不是可以肯定他们搬过来的就是他的尸体和棺材呢？"

"太太能够肯定！"这样我给了他们每个人一件马克，作为迁坟的酬劳。然而既然现在我已经花了这么多钱，我觉得还不如再花一些把它弄得更漂亮些。所以我就请他们为我竖立一块刻有字的墓碑，但是，请你们想想看，当我得到它的时候，它顶上竟然刻着一个镀金的蝴蝶。"我说，"这未免有些不适当！我不愿意他的坟上有这些东西。"

"太太，这不能算轻浮，这可是永垂不朽呀！"

"我说：'我从来没有见到过这种事情，'你们坐在车中的各位没有听到过蝴蝶是一种轻浮的表示吗？我一定不发表意见，我不愿意讲冗长的废话。我要控制我自己，于是我把墓碑搬走，放在我的食品屋里。直到我的房客回来为止，它现在还在那里。他是一个学生，有很多书，他肯定地说，这就是不朽的体现。所以这个墓碑就在坟上立起来了！"

正在这样闲聊的时候，贝儿到达了他将要生活的那个小城。他需要在这儿变得和那个学生一样聪明，并且也会有同样多的书来学习。

五

加布里尔先生是一位很有名气的学士，贝儿就要在他的家中住宿。他亲自到车站这里来接贝儿。他是一个骨瘦如柴的人，有一双发亮而大的眼睛。这对眼睛是向外突出，所以当他打喷嚏的时候，人们都很担心它们会从他的脑袋里蹦出来。他还带着他自己的三个孩子。有一个走起路来还站不太稳；剩下的两个为了想把贝儿看得更清楚一点，就总是踩着他的脚。此外还有两个比较大的孩子也随着来了。

最大的那个好像有十四岁，他的皮肤特别白，满脸全是雀斑，并且还有不少的粉刺。

"这是小马德生，如果他好好地读书，他很快就是三年级的学生了。这位是普里木斯教长的儿子！"这是指那个最小的孩子，他的样子如同一根麦穗一样。"两个人全是寄宿生，在我这里学习生活！"加布里尔先生说。"这是我们的小招数，"他指的是自己的孩子。

"特里尼，把客人的箱子抬上你的手车里吧。家中已经为你准备好饭了！"

那两位寄宿的小先生说："装有馅子的火鸡！"

那几位小把戏说："装有馅子的火鸡！"其中有一位又照例跌了一跤。

"凯撒，小心你的腿呀！"加布里尔先生叫喊着。他们走进城中，之后又走出城，来到一幢摇摇欲坠的大房子前面。这座房子里还有一个长满了素馨花的凉亭，面朝着大路。加布里尔太太就站在这边，手中牵着许多的"小把戏"——也就是她的两个小女孩。

加布里尔说："这就是新到的学生。"

"非常欢迎！"加布里尔太太说。她是一个很小的胖女人，长着一头泡沫一样卷发，上面抹满了凡士林油。

"上帝，你简直是一个大人啊！"她对贝儿说。"你已经是一个发育好了的男子汉了！我坚信，你肯定是如同普里木斯和马德生一样。天使加布里尔，我们把里面的那一道门钉上了，这真是一件好事。你懂得我的意思吧！"

加布里尔先生说："不要说了！"之后他们便走进房间中去。桌子上摆着一本打开的长篇小说，上面放着一块黄油面包。人们也许感觉它是一个书签，由于它是横躺在这本摊开的书上的。

"现在我必须去做主妇的工作了！"所以她就带着她的五个孩子，两个寄宿生与贝儿去观看厨房，之后又穿过走廊，来到一个小房间中——它的窗子面朝着花园。这个房间将是贝儿的书房与睡房。旁边也就是加布里尔太太的房间，她领着她的五个孩子在这边睡觉。因为礼节的原因，并且也是为了避免无趣的闲话（那是由于"闲话是不留情的"）那扇连接的门就在太太的一再要求下，当天就被加布里尔先生给钉上了。

"你就住在这边，和住在你自己父母家中一样！城里也有一个剧院。药剂师是一个'私营剧团'的老板，我们当然也有旅行演员。可是现在你可以去吃你的'火鸡'了。"于是她就把贝儿带到饭厅中去——这里的绳子上晾着很多衣服。

"这没有什么关系！"她说，"这只是为了干净。无疑地你将会习惯于这些事情的。"

贝儿坐下来吃烤火鸡。与此同时，孩子们（除了那两个寄宿生之外）都退出门外去了。此刻，这两位寄宿生，为了自己与这位陌生客人的兴趣，就特地来表演一出戏。

城里之前曾经来过一个旅行剧团，上演了席勒的群盗。这两个比较大的孩子深深地被这出戏给吸引住了，所以他们在家中就把它表演出来了——把全部的角色都表演出来了，即使他们只记住这一句话："梦是从肚皮中产生出来的。"每个角色统统都讲说一句话，但只是根据各人的特点，声调有些不同罢了。如今亚美利亚带着一种梦境的表情出现了，她的眼睛看着天，说："梦是从肚皮中生产出来的！"并且她用双手把她的脸盖起来。卡尔·摩尔用一种英雄的步子走上前来，并且用一种男子气的声音说："梦是从肚皮中生产出来的！"这时全部的孩子（无论男的和女的）都冲了进来。他们就是强盗，他们谋杀你，你谋杀我，齐声大喊："梦是从肚皮中生产出来的！"

这就是那席勒的强盗，这个演出和"填了馅子的火鸡"就算是贝儿到来加布里尔先生家中的见面礼吧。紧接着他就走进他的那个小房间中去。面朝着花园的窗玻璃映着炽热的太阳光，他坐下来向外面望。

加布里尔先生在外边一边走路，一边用心在读一本书。他走近来朝里面看，他的视线好像在盯着贝儿，然后贝儿深深地鞠了一躬。加布里尔把嘴尽量地打开，之后又把舌头伸出来，当着贝儿那个惊讶的面孔，一会向右边一转，一会向左边一转。贝儿一点也不清楚这位先生为什么要如此对待他。紧接着加布里尔先生就走开了，但是马上又走到窗子的前面来，照样又把舌头伸出嘴外。

他为什么要做这些的事情呢？他心中并没有想到贝儿，是没有想到窗玻璃是透明的。他只是看见他的脸孔在窗玻璃上反映出来，所以他想看看自己的舌头，那是因为他有胃病。但是贝儿却不清楚这个原由。

天黑了一会儿之后，加布里尔先生就到自己的房间中去。贝儿此刻也坐在自己房间。夜渐渐深了，他听到了吵嘴的声音——在加布里尔太太睡房中一个女人争吵的声音。

"我要去看加布里尔，而且告诉他，你是什么样的一个女人！"

她叫着："我要晕倒了！"

"谁想看一个女人昏倒呢？要四个铜板！"

太太的声音变得低沉了，可是仍然能听见："隔壁的年轻人听到这种下流话将对我们这个家有何想法呢？"

此时闹声就变得低沉起来，但没多久又渐渐地大多了。

"停止，不要再讲！"太太叫着，"快去将混合酒做好吧！与其这样大吵大闹，倒不如言归于好算了！"

然后一切声音都停止了。门开了，女孩们全走了。太太把贝儿的门敲了一下："年轻人，你现在就了解了当一个主妇是多么辛苦！你应该感激老天爷，你不必和女孩子打交道。我需要安静，所以我只能让她们喝混合酒！我倒是希望也给你一杯的——喝了一杯之后会睡得很甜的。不过十点钟之后，谁也不敢在走廊上经过——那可是我的加布里尔所不允许的。虽然这样，我还是希望你吃到一点混合酒！门上有一个大洞，用油灰塞满的。我能把油灰捅掉，插一个漏斗过来，请你将玻璃杯放在底下接着吧，我能倒一点混合酒让你喝。但是你得保守秘密，连我的加布里尔也不能告诉。你不可以让他在一些家务事上边操心呀！"

这样，贝儿就喝到了混合酒。加布里尔太太的房内也就安静了下来，全部的屋子也就安静下来了。贝儿钻进被窝中去，想着妈妈和祖母，念完了晚祷，于是就睡着了。

祖母讲过，一个人在一个新的地方第一夜里所梦见的东西都是非常有意义的。贝儿梦到他把那颗琥珀心——他仍戴在身上——放进一个花盆中，它长成了一棵高大的树，穿过天花板和屋顶。它结了无数的银心和金心，把花盆也胀破了。突然琥珀心不见了，变成了地上的尘土，变成了粪土——不见了，消失得无影无踪。

之后贝儿就醒了。他依然挂着那颗琥珀心，并且还是温暖的——搁在他温暖的胸口上。

六

一大早，加布里尔先生家中的功课就已经开始了，大家在学习法文。吃中饭的时间只有孩子、寄宿生与太太在家中。她又喝了一次咖啡——第一次咖啡总是在床上喝的。"对于这样容易晕倒的人说来，这样的喝法还是对身体有好处的！"之后她就问贝儿，在这一天中他学习了什么东西。"德文！"他回答说。

"这可是一种很费钱的语言！"她说。"这是外交家和重要的人们的语言。我小时候也曾经学习过，但是既然已经嫁给了一个有学问的丈夫，自己也能从他那里得到很多好处，就像一个人从妈妈的奶水得到好处一样。所以我也知道了足够多的词汇，我相信，不管在什么场合我都能够清楚表达我自己的想法！"

太太由于与一个有文化的人结婚，因此就得到了一个洋名字。之前她受洗礼时的名字是美特，这原来是一个富有的姨妈的名字，由于她是她的财产的预约继承人。她没有继承到财产，倒是得到了一个名字。加布里尔先生才把这个名字改成"美塔"——在拉丁文里也就是"美勒特"（衡量）的意思。在她办嫁妆时，她在她全部的毛织品、衣服与棉织品上全绣上了她的名字"美塔·加布里尔"前面的两个字母是 MG，可是小马德生有他孩子一样的聪明，他认为 MG 两个字母是表示"非常好"的意思。所以他就用墨水在全部的手巾、台布和床单子上都打了一个大的问号。

"难道说你不喜欢太太吗？"当小马德生稍稍让这个玩笑的意义说出来的时候，贝儿问。"她十分和善，而加布里尔先生又是这么有学问。"

"她可是一个牛皮大王呐！"小马德生说，"加布里尔先生可是一个滑头！假如我是一个伍长，他是一个新兵的话，唔，我就要教训他一顿的！"小马德生的脸上表现出一种"恨之入骨"的表情：他的嘴唇也变得比平时更加小，他整个的面孔就如同一个大雀斑一样。

他讲的话是十分可怕的，这使贝儿非常吃惊。但是小马德生的这种思想却有特别明确的根源：老师和父母说起来也算是够残酷的，整天要他把时间花在没有意义的人名、语文、日期这些东西上面。假如一个人能轻松处理自己的时间，或者像一位老练的射手一样扛着一杆枪去打猎，那该是多么痛快啊！"相反地，人们却只把你关在房子里，要你坐在凳子上，昏昏沉沉地看着一本书。这就是加布里尔先生做的事情，并且他还要认为你懒惰，给你如此一个点评：'勉强'。是的，妈妈爸爸所接到的通知书上总是写的这样东西！因此我说加布里尔先生是一个老油条！"

小普里木斯接着说："他还爱打人呢！"他好像是和小马德生表现相同的态度。贝儿听到这种话，并不是很兴奋的。

然而贝儿并没有挨过打，正是太太所说的，他已经是一个大人了。他就不可以算是懒惰，因为他也并不懒。他一个人单独做着自己的功课，他马上就赶到马德生和普里木斯的前面去了。

加布里尔先生说："他有些本事！"

"并且谁都看不出他以前进过舞蹈学校！"太太说。

"我们必须要他参加我们的剧组！"药剂师说。这种人，与其说是为药店而活的，真不如说他是为城中的私营剧组而活着的。恶毒的人们把那个远古的笑话放到他身上，说他一定以前被一个疯演员咬过，所以他得了"演戏的神经病"。

"这位年轻学员是一个天生的优秀恋人，"药剂师说。"两年之后他就能变成一个罗密欧！我相信，如果他好好地化妆一下，安上一小撮小胡子，他在今年冬天肯定就能登场。"

药剂师的女儿——照爸爸这样说是一个"伟大的天才演员"，像妈妈这样说是一位"绝代佳人"——将能演朱丽叶；加布里尔太太一定要演奶妈；药剂师——他是导演，又是舞台监督——将扮演医生这个角色；这个角色虽不大，但是却很重要。

现在全部是要看加布里尔先生允不允许贝儿演罗密欧。

这件事必须找加布里尔太太去通融一下，但首先必须要有方法来说服她，并且药剂师是有办法的。

"你是一个天才的奶妈！"他说，他认为这句话一定能取得她的欢心。"实际上这是整个戏中一个非常重要的角色！"他补充说。"这是一个特别有情趣的人物，没有她，这个戏就太残忍了，人们根本是无法看下去的。除了您之外，加布里尔太太，再没别人能有您那种活泼劲儿和生动，可以让全剧生色！"

她同意了，一点也不错，但是她的丈夫无论怎样也不准许他的年轻学生拿出必要的时间去演罗密欧。她同意"暗中活动"——这是引用她自己的话。药剂师就马上开始研究他所要扮演的那个角色——他非常想化妆。他想化成得如同一架骷髅那样瘦削，又可怜又穷，但又是一个非常聪明的人。这倒是一件特别难办的事情。然而加布里尔太太在丈夫后面"暗中活动"却更加难。他说，如果他让这个年轻人去演这个悲剧，他将没有办法向为贝儿交学膳费的那个恩人说明。

我们也不必讳言，贝儿倒是十分希望可以演这出戏的。"只是行不通罢了！"他说。

"可以的！"太太说。"等我来暗中操作吧！"她愿意送混合酒拿给加布里尔先生喝，可是加布里尔先生却不想喝。结过婚的人常常是不一样的，说这句话完全不会损害太太的尊严。

她说："喝一杯吧，就喝一杯！酒能助兴，能使一个人快乐。我们的确也是应该如此——这是我们的上帝的意旨！"

贝儿马上演罗密欧了。这是通过太太暗中操作达到目的的。

在药剂师家里进行的排演工作。他们有巧克力糖和"天才"——也就是，小块的饼干。那是从一个面包房里买来的，价钱是十二块一个铜子。它们的数目多但体积小，所以大家就把它们叫作"天才"，当作一个玩笑。

加布里尔先生说："开玩笑是一件简单的事情！"他自己也经常把许多东西加上一些外号。他把药剂师的房子叫作"装着不清洁和清洁动物的诺亚方舟！"这是由于这一家人对于所养的动物非常有感情。

小姐自己养着一只名叫格拉茜奥萨的猫，它非常漂亮，皮毛非常光滑。它要不是在窗台上躺着，就是在她的膝盖上或她所做的衣服上睡觉，或者在铺好了台布的餐桌上跑来跑去。妻子有一个养鸭场，一个养鸡场，一只金丝鸟和一只鹦鹉，而这只鹦鹉比他们任何人的声音都大。两只狗儿——佛洛克和佛里克——在起坐间里荡来荡去。它们不是混合花瓶，但它们却在睡榻和沙发上随便休息。

之后排演开始了。只有狗儿打断了一会儿，它坐在加布里尔太太的新衣服上流口水，然而这是完全出于善意，而且也并没有把衣服弄脏。猫儿也给他们找了一点小麻烦，它把脚伸向扮演朱丽叶的这个人物，而且还坐在她的头上摇尾巴。朱丽叶的台词一半是对着猫儿，一半是对着罗密欧而发出的。而贝儿，他所说的每一句话都是他想要与药剂师的女儿所说的话。她是多么动人和可爱啊！她是大自然的孩子，她最适合演这个角色。贝儿好像要爱上她了。

猫儿一定是有七种本能，或者一种更高尚的品质：它坐在贝儿的肩膀上，就像它是像罗密欧和朱丽叶之间的感情一样。

戏越排练下去，贝儿的热情就变得越明显和强烈，猫儿也就变得越亲切起来，金丝鸟和鹦鹉也就更闹腾起来。佛里克和佛洛克一会儿又跑进来，一会儿跑出去。

登台的那一晚最终到来了。贝儿很像一位罗密欧，他毫不犹豫地与朱丽叶的嘴亲吻起来。

加布里尔太太说："亲得非常自然！"

"很是不知羞耻！"市政府参议斯汶生先生说。他是镇上一个很有钱的公民，也是一个最胖的胖子。汗水流了他一身，由于剧院里太热，而且他的身体里也很热。贝儿从他的眼里看不出丝毫的怜惜。"这样一条小狗！"他说，"这只小狗是这样长，人们能把他弄成两段，变成两只小狗！"

树立了一个仇人，却得到了大家的掌声！这是一桩好交易。是的，贝儿是一个走运的贝儿。

他累了，这一晚大家对他的称赞和吃力的表演，令他累得透不过气来。他回到他那个小房间里来，都是半夜过后了。加布里尔太太在墙上打了两下。

"罗密欧！我拿来一点混合酒给你喝！"

接着一个漏斗就插进门里来了。贝儿——罗密欧将一个杯子在它下面接着。

"晚上好！加布里尔太太！"

可是贝儿却睡不着。他所说过的任何一句台词以及朱丽叶所讲的话，全部在他的脑子里嗡嗡地响起来。当他最终睡着了的时候，他梦到一次结婚典礼——老小姐佛兰生和他的结婚典礼。一个人可以做出多么不可思议的梦啊！

七

"现在请你将你演戏的那套玩艺儿从你的脑子里清理出去吧！"第二天清晨加布里尔说。"我们能做点功课了。"

贝儿的思维和小马德生的思想有些接近了：一个人捧着书本呆呆地关在房屋里，真是浪费美丽的青春！然而当他当真拿着书本坐下的时候，很多善良和新颖的思维就从书本里面透出光辉来，接着贝儿倒是让书本迷住了。他学习到世界上很多了不起的人和他们的成果。他们有许多都是穷人的孩子：英雄德米斯托克勒斯是一个看门人的儿子；莎士比亚是一个贫穷织工的孩子——当他是一个轻年人的时候，他在剧院门口为人拉马，后来他成了剧院里一个最有威信的人，在诗的艺术超过了所有国家和时代。他也看到关于瓦尔堡的竞赛会——在这上面，诗人们要比一比，看谁写出最漂亮的诗：这是好似古希腊在公共节日检验诗人们的一种比赛。加布里尔先生谈及这些人的时候，特别兴致勃勃。索幅克里斯在他老年的时候描绘出他最好的悲剧，所以赢得了超过所有人的奖赏；在幸福和光荣中他的心开心得爆炸了。啊，在快乐和胜利中死去是那么幸福的事情啊！还有什么事情能够比这更加幸运呢？我们这位小朋友的心里充满了梦想和感慨，然而没有人能把他的心事讲出来。普里木斯和小马德生是不可能懂得他的，加布里尔太太也不会理解他的。她一会儿又变成一个眼泪汪汪的、多愁善感的妈妈，一会儿表现得心情非常愉快。她的两个小女儿惊奇地看着她，贝儿和她们都不明白为什么她会变得这样的悲哀。

"可怜的孩子们！"她说，"妈妈永远考虑她们的未来。男孩子能自己照顾自己。凯撒栽了跟斗，然而他仍然可以站起来！那年纪大的孩子喜欢在水桶里戏水，他们将来能去参加海军，而且肯定会娶到满意的太太的。然而我的女孩子们！她们的未来会是什么一个样子呢？当她们长大了，心里有了情感的时候，我确信她们心爱的人一定不会中加布里尔的意。他将定会为她们选择她们所不喜欢的人，选择她们所不能容忍的人。这样，她们肯定会非常不幸！作为一个妈妈，我不得考虑这些事情，而这也正是我的悲哀和痛苦！你们这些可怜的孩子们啊，你们未来会十分不幸！"她哭起来。

那两个小女孩看着她，贝儿也看着她，并且也感到悲哀。他不知道用什么话来回答她才是，所以他就回到他的小房间里来，坐在那架旧钢琴前面，弹奏出一些调子和幻想曲——这好像全部是从他的心里发出来的。

清晨，他用比较清醒的头脑做功课和去学习，因为他是受别人的帮助来读书的。他是一个有正确思想、有责任感的孩子。他的日记里记得很明白，他每天学习了些什么和读了些什么，夜里在钢琴面前坐到那么晚，弹了哪些东西——他弹钢琴总是不发出声响来的，是怕吵醒了加布里尔太太。除了星期天这个节假日以外，他的日记里从来不写："想念朱丽叶"，"拜访药剂师"，"写信给祖母和妈妈"。贝儿依然是罗密欧，也是一个好儿子。

"非常用功！"加布里尔先生说。"小马德生，你最好向他学习！不然你就会不及格了。"

马德生在心里对自己说："老滑头！"

教长的儿子普里木斯患有"嗜眠病"。"这是一种疾病，"教长的太太说，所以人们不应该对他太严厉了。

教长的住宅离这不过二十四五里路。它是很奢华的。

"那位先生将来会当上主教！"加布里尔太太说。"他和政府有些关系，教长太太又是一个贵族妇女。她知道一切的纹章——这也就意味着：族徽。"

这时候正是圣灵来临节。贝儿在加布里尔先生家里已经有一年了，他学习了很多东西，然而他的声音还没有恢复过来。它可不可以恢复呢？

某一天夜晚，加布里尔一家被邀请到教长家里去参加一个盛大的舞会和晚宴。有很多的客人从城里和近郊的邸宅到来，药剂师的全家人也受到邀请。罗密欧将要见到朱丽叶，或许还要与她跳第一场舞呢。

教长的住宅是很整齐的，墙上刷了一片白灰，院子里也没有粪堆。教长太太是一个丰满而高大的女人。加布里尔先生将她称作"格洛柯比斯雅典娜"，贝儿想，这也许就是"蓝眼睛"的意思，却并非如朱诺那样，是"大眼睛"的意思。她有某种明显的一种病态和温柔的表情的特征。她也许是如普里木斯那样，也有"嗜眠病"。她穿着一件淡蓝色的绸衣服，戴着一大堆鬈曲的假发。假发的右边戴着一个雕刻着她祖母（一位将军妻子）的画像的小徽章，左边插着一大串白瓷葡萄。

教长有一个丰满和红润的面孔，还有一口很适合啃烤牛肉的白得发亮的牙齿。他的话语中充满了典故。他可以和任何人谈话，但是谁也没有方法和他谈下去。

市府参议也在场。在那些从很多公馆来的客人中，人们也可以看到商人的孩子费利克斯，他已经早受过了坚信礼，而且在举止和装束上要算是一个最漂亮的年轻绅士。大家说他是一个百万富翁，加布里尔太太简直没有胆量和他谈话。

贝儿看见费利克斯，感到非常高兴。后者以特别友好的态度走过来和他聊天，并且代表自己的父母向他致意。费利克斯的父母读过了贝儿写给祖母和妈妈的一切信件。

舞会开场了。药剂师的女儿要和市府参议跳的第一场舞——她在家里对市府参议和妈妈作过这样的诺言。第二场舞她本来是同意要和贝儿跳的，但是费利克斯走过来，和善地点了一下头，于是就把她拉走了。

"请让我跳这一场舞吧。只要你能同意，小姐一定会答应的。"

贝儿的表情很客气，他也没有说什么话，所以药剂师的女儿——这次舞会中那位最漂亮的姑娘——和费利克斯就跳起舞来了。等到第三场舞的时候，她又和他跳了一次。

"请准许我和你跳晚餐舞可以吗？"贝儿问，他的面色发白。

"行，答应和你跳晚餐舞了！"她带着一个妩媚的微笑说。

"你肯定不会把我的舞伴抢走吧！"站在他身旁的费利克斯说。"这可不是一种友善的行动。我们可是镇上的两个老朋友呀！你说你看到我非常愉快，我想你一定也会允许我扶着小姐上桌子吧！"然后他把手搭在贝儿的腰上，玩笑地把自己的前额抵着他的前额。"允许吧！对不对？允许吧！"

"不行！"贝儿说。他的眼睛已经射出了忿怒的光芒。

费利克斯松开了他，把自己双手在腰间叉着，就像他是一只想要跳跃的青蛙，"年轻的绅士，你是肯定正确！年轻的先生，如果我得到了和她跳晚餐舞的诺言，我也要说一样的话！"他豪爽地向小姐鞠了一躬便退下去了。可是没有多久，当贝儿站在一个角落旁整理自己领带的时候，于是费利克斯又走过来，搂抱他的脖子，用十分殷勤的眼光对他说：

"大方些吧！我的妈妈、你的妈妈和老祖母将都会说来，这才像你呢！我明天就要离开，如果我不能陪着小姐去吃饭，我会感到特别难过的。我的朋友，我的唯一的朋友！"

作为他唯一的朋友，贝儿就不愿再拒绝他了。于是他亲自把费利克斯带到那个美人儿身边去了。

客人们乘着车子离开教长的住宅的时候，已经是晴朗的早晨了。加布里尔一家坐着一辆车子，他们立刻就睡着了，只有太太和贝儿还是清醒的。

她说着那位年轻的商人——富翁的儿子，他真够得上称为贝儿的朋友；她听到他说："亲爱的朋友，举杯吧，为妈妈和祖母举杯吧！""他有某种落落大方和豪爽的气概，"她说，"人们一看就知道他是一个富人家的儿子，或者是一位伯爵的少爷。而这是我们这些人所做不到的！所以我们必须低头！"

贝儿一句话也没有说，他整天都感到不高兴。在夜里，当他去上床睡觉的时候，怎么也睡不着，他对自己说："我们得讨好！我们得低头！"他曾经干过这样的事情，听从过一个有钱少爷的意思。"因为一个人生下来就很穷，所以他就不得不听从那些有钱人的摆布。难道他们就真的比我们好吗？为什么上帝制造人要让他们比我们好呢？"

他心中起了那种厌恶感，祖母可能会对这种厌恶感感到难过的。他在思念着她。"可怜的祖母！你可知道贫穷到底是怎么一回事情！为什么上帝要容许这样的事情存在呢？"他心里很愤怒，但同时又明白他的这种语言和思想对于好上帝是有罪过的。他可惜他自己已经失去了孩子的心情。于是他对上帝的信心又恢复了，他仍然是像从前那样的丰富和完整。幸运的贝儿！

一个星期之后，祖母寄来了一封信。她有她一套写信的方式：小字母和大字母混杂在一起，但无论大事小事，只要是与贝儿有关，她总是把心中所有的爱都装进去的。

> 我亲爱的、甜蜜的、幸福的孩子！
> 我在想你，我在怀恋你，你的妈妈也是一样。她的一切都好，她在靠洗衣服过生活！商人家里的费利克斯昨天来看过我们，同时带来了你的问候。据说你曾经去参加过教长的舞会，而且你十分有礼貌！不过你永远是那个样子的——这使得你辛苦的妈妈和你的老祖母感到非常快乐。她有一件关于佛兰生小姐的事情要告知你。

信下边有贝儿的妈妈的一段附言：

那个老姑娘佛兰生小姐就要结婚了！钉书匠霍夫的请求获得了批准，他被特定为宫廷的钉书匠。他挂上了一个很大的招牌："宫廷指定钉书匠霍夫"。然后她成了霍夫太太。这是一段十分老的爱情。我的甜蜜的孩子，可这段爱情并没有因为老而生锈！

你的亲生妈妈

再一次附言：祖母替你织了六双毛袜，你很快就会收到。我在里面放了一样你最喜欢吃的菜——"猪肉饼"。我知道你在加布里尔先生家里从来都吃不着猪肉，因为太太害怕"玄帽虫"——很抱歉这个词我拼不上来。但是你不要相信这些东西，所以尽管吃吧。

你的亲生妈妈

贝儿读完了信，感到非常高兴。费利克斯很好，他对他的态度是不正确的。他们在教长家里分开的时候，自己就连一声"再会"也没有说。"费利克斯要比我好些。"贝儿说。

八

在平静的生活里，日子就这样一天天地滑过去了，转眼一个月过去了。贝儿在加布里尔先生家里的寄居已然是第二个年头了。他拿出很大的决心和毅力不要再登台演戏——太太把这叫作"固执"。

他收到那位供他学膳费的唱歌教师一封严肃的信，说他在这儿住宿的时间里，绝对不能再想起演戏的事。他服从了这个指示，不过他的思想经常去跑到首都的剧场上去了。这些思想，像有魔力似的，老把他往舞台上推，而他事实上也盼望有一天自己能作为一个伟大的歌唱家而登上舞台。可是眼下他的声音坏了，而且也恢复不过来，他真是感到十分沉痛。但是谁能够安慰他呢？加布里尔先生或太太是不能够安慰他的，但是我们的上帝能够。我们可以有各种方式得到安慰，而贝儿则是从梦中得到的。

他可真算得是幸运的贝儿。

一天晚上，他梦见了圣灵降临节的到来。他到一个漂亮的树林里去，太阳从树枝之间射了进来，整片的地上都开满了樱草花和秋牡丹。这时候杜鹃叫起来了："咕！咕！"贝儿于是就问："我还要活多少年呢？因为人们每年第一次听到杜鹃啼，总是喜欢问这一句话的。""咕！咕！"杜鹃回答说。它再没有发出其他的声音，接着就沉默了。

"难道说我就能再活一年么？"贝儿说。"那实在是太少了。麻烦请你再叫一声吧！"于是杜鹃又开始叫："咕咕！咕咕！"是的，它在不停地叫下去。贝儿也伴着杜鹃的声音而唱起来，而且唱得十分动听，像真的杜鹃一样，只不过他的声音是要响亮得多。所有的歌鸟也都一同歌唱起来。贝儿跟着它们唱，可是唱得比它们动听得多。他重新有他儿时的那种清晰的歌喉，他的心里真是愉快极了，因为他喜欢唱。接着他就醒了。他知道，他还掌握着"共鸣盘"，他依旧保存着他的声音，而这种声音，在一个晴朗的、圣灵降临节的早上，将会洪亮地迸发出来。怀着这样的信心，他又幸福地睡觉了。

可是在第二天，第二个星期或第二个月，他依然一点也没有感觉到他快要复原他的声音。

从京城来的每一件关于剧场的消息，对于他来说，精神的食粮，真是灵魂的补品。面包屑也能算是面包，所以他怀着感激的心情来接受每一块面包屑——这些最不重要的小新闻。

加布里尔家的邻居是个杂货商人。这位商人的太太是一位十分值得尊敬的家庭妇女。她这个人十分活泼，而且总是笑容满面，不过她对于舞台是什么知识也没有。她头一次去京城观光了一下，对那里的什么事情都感到快乐，那里的人都是如此。她说，这些人对于她所讲的每件事情都感觉好笑，这当然是很有可能的。

"您到剧场去过吗？"贝儿问。

"那是当然去过啦！"商人的太太回答说。"所以我的汗才流得多啦！你应当看到我坐在那股热气里流汗的模样儿！"

"可是你看到了什么呢？演的是什么戏呢？"

"让我来告诉你吧！"她说。"我可以把所有的戏都告诉你！我去看过两回。头一晚上演的是‘说白戏’，走出场的是一位美丽的公主。‘哗啦，唰啦！哈啦，呜啦！’你看她多会说话！接着一个男子走出来了：‘哗啦，唰啦！哈啦，呜啦！’然后太太倒下来了。之后同样的事情又重新开始，那位公主说：‘哈啦，呜啦！哗啦，唰啦！’于是太太又倒下来了。她这天晚上一共倒下了五次。而第二次我去看的时候，全部戏都是唱出来的：‘哈啦，呜啦！哗啦，刮啦！’于是太太又倒下来了。那时坐在我旁边的是一位十分漂亮的乡下女人，她说她从来没有到戏院去过，所以她就认为戏演完了。不过我可是了解全部情况的，所以我就对她说，当我上次来这儿看的时候，这位太太倒下了五次。在这回唱的晚上，她只倒下了三次。现在你可了解这两出戏的情景了吧——活灵活现，就像我亲眼看见的时候那样！”

因为太太总是倒下来，这大概就是悲剧了吧？于是他就灵机一动，想起了：那个大舞台的面前挂着的幕布在每一幕演完后就要降下来，幕上画着一个很大的妇女形象——这就是一边戴着悲剧面具和一边戴着喜剧面具的艺术之女神。这所谓倒下的太太应该就是这幅画像。这可真是不折不扣的喜剧，对于商人的太太来说，他们所讲的和唱的就是“哈啦，呜啦！哗啦，刮啦！”这是一件极大的快事，而对于贝儿说来也是这样。加布里尔太太听到了这两出戏的描述后也有相同的感觉。她坐在一边，面上露出惊奇的表情和精神上的优越感。的确，药剂师也说过，她作为奶妈，使莎士比亚的朱丽叶与罗密欧的演出得以“成功”。

通过贝儿解释的“太太倒下了”这些话，就成了这一家的一个幽默的成语。每次家里有一个碗，一个孩子，或任何一件家具跌下的时候，这句话就被应用在上面。

“成语和谚语就是这样被创造出来的！”加布里尔先生认真地说。他总是这样从学术的观点来看待每一件事情。

除夕，钟敲了十二下，加布里尔太太一家以及寄宿生，每人拿着一杯混合酒，都站立起来。加布里尔先生每一年只喝这一杯，因为混合酒对于他的虚弱的胃是不利的。他们为新年而干杯，同时数着钟声：

“一、二，”直到它敲完十二下停下了。这时大家都哭着说：“太太倒下了！”

新的一年来临了，又逝去了。到了圣灵降灵节，贝儿都在这家住了两个年头了。

九

两年都过去了，然而声音还未复原。我们这位幼小朋友的前景将会是什么样的呢？

按加布里尔先生的说法，他在小学里担任一个教员总是没有问题的。这就算是一种求生之道，然而想要依靠这成家立业是不可以的。然而贝儿也未想到这些事情，即使药剂师的女儿在他的心里面已经占了一个挺大的位置。

"担任小学教员！"加布里尔太太说，"作为一个教师！你将会变成世界上一个最无聊的人，像我的加布里尔似的。你是一个天才的舞台艺术家！争取成为一个世界的著名演员吧！那和当一个教员有天壤之别！"

成为一个明星！是的，这是他的愿望。

他在写给那位唱歌老师的信里说到这件事，他将他的志向和愿望都讲出来了。他急切地盼望回到他家乡的首都去。祖母和妈妈都住在那里，他已经有满满两年未见到她们了。行程一共才有三百六十多里，乘快车有六个小时就能到了。为什么他们未见见面呢？离去的时候，贝儿答应在新地方不要请假，也不要打算回家看望亲朋好友。母亲是忙着替人烫衣服和洗衣服的。即使这样，她仍是一直在计划作一次伟大的旅行来看望他，即使要花一大笔金钱，然而这件事情永远也没能成真。

至于祖母么，她一讲起火车就害怕，这简直相当于去引诱上帝。她也不希望去坐轮船。确实，她是一位老太婆，她不想去旅行，除了是游玩到上帝那儿去。

这句话是在五月里说的，但是在六月间这位老太婆却游玩起来了，并且是独自一人旅行。她旅行了那三百六十多里路，来到一个不熟悉的城市里，到很多陌生的人中间去，为的是要看望贝儿。这确实是一件伟大的事情，可也是祖母和妈妈一辈子中所遇到的最不幸的事情。

　　贝儿第二次问杜鹃："我还能活几年呢?"杜鹃就说:"咕! 咕!"他的心情和健康都挺好! 他的将来充满了明朗的阳光。他收到他那位歌唱教师慈父般的朋友———一封令人兴奋的信。信上说,贝儿能回家,大家能研究一下他的情况,看有没有什么其他的路能走——由于他再也不能歌唱了。

　　"去扮演罗密欧吧!"加布里尔太太说。"你的年纪可以足够令你演一个恋人的角色,你的身上也长了一些肉,再不需要那些化妆了。"

　　"扮演罗密欧吧!"药剂师和药剂师的女儿说。

　　各种不同的想法在他心胸里和头脑里震荡着。然而:谁又能知道明天的事情?

　　他坐在一个通向草原的花园里。这是夜晚,月亮在照着。他的血在奔流,他的脸在发热,清爽的空气令他有一种愉快的感觉。沼泽地上漂着一层雾气,这雾气一起一伏地移动着,令他想起了妖女的舞蹈,这令他想起了那首关于骑士奥洛夫的古老的歌谣。这个骑士骑着马出去邀请客人来参加他的婚礼,然而中途被许多妖女阻拦了。她们叫他去参加她们的跳舞和游戏或娱乐,却使他丢失了生命。这是一首古诗,一个民歌。这天晚上,它所说的故事在雾气和月光中重现出来了。

　　贝儿是在一种半醒状态中向这些东西凝望的,灌木林好像都具有兽和人的形态。他们安静地立着,雾气在上升,像飘动着的面具。贝儿在剧院所演出的芭蕾舞里曾经见到过相似的景象——那里面所出现的妖女全部戴着薄纱似的面罩,一会儿飞翔,一会儿旋转。然而在这里所显现出来的妖女却更是惊人,更是美丽! 例如这样大的舞台,所有剧院是不可能有的。什么舞台也不可以有这样明亮的月光,这样晴朗的高空。

　　在雾气里,一个女子的形象清晰地显现出来了。她一下子变成了三个人,然后这三个人又一晃变成了很多人。她们就好似一群浮动着的女孩,手挽着手在跳舞,空气托着她们朝贝儿所在的篱笆旁边飘来。

　　她们朝他点头示意,她们跟他讲话,并且她们的声音却是像银铃一样地动听。她们走进花园里来,在他的身旁起舞,她们把他围在她们之间。他什么也没有想,就跟她们一块跳起舞来了。他舞动着,就如他是在那永远不能忘却的"吸血鬼"舞里一样——然而他并没有想到这件事情。实际上，他心里什么事情都没有想，他被他所看到的周围的美迷住了。

沼泽地是一个又蓝又深的大海，那里长满了五光十色的睡莲。她们用薄纱托起他，从水上一直蹦到对岸。岸上的那些古墓，推开了长在它们上面的荒草，成为了烟雾的宫殿，朝空中升去，然而这些烟雾又变成了大理石。在这些严肃的大理石块上缠绕着许多开满了花的金树和珍贵的宝石。每一朵花都是一只炫丽的鸟儿——它在用人的声音唱着歌，就好像是许许多多的孩子在一起快乐的合唱。这是天堂呢，还是妖山？

这些宫殿的墙在移动，在相互滑过，在向他靠拢来。他被包围在里面，人间的世界俨然成了外界了。他产生一种从来没有过的恐怖和焦急。他找不到任意一个出口；然而从地上一直到天花板，从全部的墙上，有好多美丽的年轻女子在冲他微笑。她们的外表看起来是那么的活灵活现，然而他不得不想：她们是不是画出来的呢？他很想和她们说话，然而他的嘴却说不出一个字。他的声音完全消失了，他的嘴唇发不出任何声响。接着他倒在地上，比任何时候都感到不幸。

有一个妖女向他走了过来。毫无疑问，她对他的用意是十分好的，因为她是用他最喜欢的形象出现的。她的模样很像药剂师的女儿；他几乎真的认为就是她了。然而他立即就发现她的后面是空的；她惟有一副美丽的外表，但是她的后面却是一片虚无，毫无一物。

"这里的一小时，就是外面的一百年，"她说，"你已然在这里待了满满一分钟了。那些住在这些外面的、你所熟悉和所爱的人全部已经死了！和我们一起住在这儿吧！是的，你必须留在这儿，不然这些墙就要向你压过来，压得你全身的血从前额向外流！"

接着墙晃动起来了，空气热得好似火红的烤炉。他的声音又恢复了。

"我的上帝，我的上帝啊！你抛弃了我吗？"他从痛苦的灵魂最里头这样地大喊了一声。

这时他的祖母就站在他的旁边，她将他抱在怀里，她吻他的前额，吻他的嘴唇。

"我最亲的，美丽的小伙子！"她说，"我们的上帝不会遗弃你，他不会遗弃任何人——即使罪大恶极的人。上帝是永远值得赞扬和尊崇的！"

她将她的圣诗集拿出来——就是那本在很多个礼拜日她和贝儿一起

念过的圣诗集。她的声音是那么响亮啊！全部的妖女们都低下了头——她们也的确需要休息一会儿了！贝儿和祖母一起唱，似从前每个礼拜日那样。他的声音立即就变得很有力、同时又是那么柔和！这个宫殿的墙开始移动了，它们化成了烟雾和云朵。祖母和他一同从高地上走出来，走到高高的草丛里去。萤火虫在这里面闪烁，月儿在散发出光辉。但是他的脚很累了，不能再走动了，他在草地上躺下。这能称得上是最柔软的一个床。他美美地休息了一阵子，接着在圣诗歌中醒了过来。

祖母坐在他旁边，在加布里尔先生的一个小房屋里坐在他的床沿。他应该退烧了，他又恢复了青春和生命。

他得了一场严重的病。那天晚上人们发现他在花园里昏倒了，然后他就发起烧来。医生认为他不可能好了，他会死去。于是人们才写了一封信，将这件事情告诉他的母亲。她和祖母都着急想来看他，然而两个人都分不开身，最后祖母决定单独乘火车过来。

"我唯有为贝儿才做这件事情！"她说。"我借上帝的名义做这件事情；否则的话，我就要以为我是和那些巫婆一样骑着扫帚在仲夏夜里飞来的！"

＋

回家的旅程是愉快和欢乐的。祖母发自内心地感谢我们的上帝，贝儿没有早她而死！车厢里有两个惹人爱的旅伴和她同行——药剂师和他的女儿。他们谈论着贝儿，可爱的贝儿，就如他们是一家人一样。

药剂师说，他必会成为一个了不起的演员。他的声音现在也复原了，这样的一个歌喉真是一件无价之宝。

祖母听到这样的话，感到那么的开心！这些话是她的生命，她绝对坚信它们。在不知不觉中，他们一行来到了首都的车站。妈妈在那儿等着她。

祖母说："为了这火车，我们要赞美上帝！为了我可以安安稳稳地乘上它，也要赞扬上帝！我们还要感谢这两位可爱的人！"接着她就握住药剂师和他女儿的手。"铁路真是一件完美的发明——当然是在你坐完了之后。这时你可以算是在上帝的手心里了!"

接着她就开始谈着她的甜蜜的孩子。他现在已经走出了危险,并和一个富裕的家庭生活在一起,这家雇有一个男佣人和一个女佣人。贝儿和这家的一个儿子一样,并且和其他两个望族的孩子受到相同的待遇——其中有一个是教长的少爷。祖母开始是住在驿站的旅馆里,那里的花销真是昂贵得可怕。后来加布里尔太太邀她到她家里去住。她去呆了五天,这一家人真是安琪儿——太太特别是这样。她请她吃混合酒,酒的味道很棒,也很厉害。

承上帝之福,再过一个月以后贝儿就能完全恢复健康,回到京城来。

妈妈说:"他一定会变得很骄,很秀气了!呆在这个顶楼上他肯定会感到不舒服!我很开心,那位音乐教师请他去住。然而——",于是妈妈就开始哭起来,"真是伤心,一个人穷到这种境地,连自己的孩子都不能住在自己家里!"

"千万不要对贝儿讲这种话!"祖母说,"你不能像我那样知晓他!"

"不管他会变得多么文雅,他必定有东西吃,有东西喝。只要我的这双手还能够干活,我决不会让他挨饿。霍夫太太说过,他每星期能到她家去吃两次午饭,由于她现在的境况很好。她曾经过过快乐的日子,也尝过艰难的滋味。她亲口告诉过我,有一天夜晚,当她坐在一个包间(这位老芭蕾舞女演员在这里有一个固定的位子)的时候,她感到十分不舒服。由于她整天只吃了一个香菜子小面包,喝了一点水。她饿得要病了,快昏倒了。'快拿水来!快拿水来!'大家都叫道。'请给我一点奶油蛋糕吧!'她要求着,'请给我一点奶油蛋糕吧!'她所需要的是一点含有营养的食品,而不是水。现在她不仅有装满食物储藏室,并且还有摆满了菜的餐桌!"

贝儿依然是住在三百六十里之外的一个地方,然而他已经开始幸福地想:他很快就能回到首都来,会看到剧院,会遇见那些亲爱的老朋友们——他现在懂得该如何珍惜他们的友情。这种幸福感在他的身体里流淌着、回荡着,也在他的身体之外歌唱着、回荡着。幸福的年轻时代,充满了希望的年代,到处都是阳光。在一天天地恢复健康,他的神采和心情也在恢复。可是在他别离的日期临近的时候，加布里尔太太却开始感伤起来了。

"你是在面向伟大。你有诱惑力，由于你长得很漂亮——这是你在我们家里养成的。你很像我，非常自然——这更加强了你的诱惑力。你不要太敏感，也不要故意做作。千万不要如达格玛尔皇后那样敏感。她很喜欢在礼拜天用缎带来束住她的绸袖子，而且她因此就会感到良心不安。不应该只因为这点事就大惊小怪的！我从来不像路克勒细亚那样难过！为什么她要杀死自己呢？她是天真无邪的，这点她自己清楚，全城的人也明白。对于这件不幸的事情，虽然你年轻，但也完全知道！她尖声大叫，接着就取出匕首！完全没有这个必要！我决不会做出这种事情，你也肯定不会的。我们一向都是很自然的，人们应该无论在什么时候都是这样。将来你从事艺术工作的时候，你也仍会继续是这样。当我在报上看到关于你的消息的时候，我将会多么开心啊！你将来也许会到我们的这个小城市里来，当作罗密欧而登台吧。那时我将不会再是奶妈了，只可以坐在正厅的前排来欣赏观看你的表演！"

在离别的这一个星期里，太太忙着洗衣服和烫衣服，为了好让贝儿能够穿一身干净的衣服回家，和他来的时候一样。她在他的那颗琥珀心上穿了一根又新又结实的细线，这是她想得到的一件唯一当作"纪念"的东西，但是她并没有得到。

加布里尔先生赠给了他一本法文词典，那是他学习的时候经常翻阅的一本书，加布里尔先生在书缘上亲自增补了许多新的东西。太太赠给他心形草和玫瑰花。虽然玫瑰花会萎谢，然而心形草只要放在干燥的地方而不见水，能保持一整个冬天。她引用了歌德的一句话当作题词：Umgang mit Frauen ist das Element guter Sitten。她把这一句话译成这样：

"和女子交往是学得文明礼貌的要点——歌德。""假如他未写一本叫作浮士德的书！"她说，"他可以算是一个伟大的人，由于我看不懂它！加布里尔也这样讲过！"

马德生赠了他一张不好不坏的画。这是他亲手画的，上面画的是加布里尔先生被吊在一个绞架上，手里还捧着一根桦木条。标题是："将一个伟大的演员导向知识之路的第一个导师。"教长的儿子普里木斯送给他一双新拖鞋。那是牧师夫人亲手缝的，但是尺寸有些大，普里木斯在头一年简直没有办法穿。鞋底上有用墨水写着这样的题词："作为一个伤心的朋友的纪念——普里木斯。"

加布里尔先生全家一直将贝儿送到车站。"我不让人说没有'惜别'就放你离开了！"太太说，然后她就在车站当场吻了他额头一下。

"我并不认为难为情！"她说，"只要一个人做事是正大光明的，他做什么事都不怕！"

汽笛鸣起来了。普里木斯和小马德生高声喝彩，"小家伙们"也在一旁助兴，唯有太太在擦眼泪，同时也在挥着手帕。加布里尔先生只说了一个字：Vale！

车站和村镇在旁边飞过去了。这些地方的人是不是也如贝儿那样快乐呢？他在思考这个问题，也在赞美自己的幸运。他想起了那个不曾看见的金苹果——当他还是一个小孩子的时候，祖母曾在自己手里看到的那个金苹果。他又想起了在水沟里所获得的那件幸运的东西，尤其是他重新得到的声音和他最近所求得的知识。他现在是一个与之前完全不同的人，他的内心唱着愉快的歌。他费了很大的力气控制住自己，没有令自己在车厢里高声地唱出歌来。

首都的塔顶出现了，建筑物也露出来了。火车开进了车站，祖母和妈妈在等着接他。除此之外还有一个人——是原姓佛兰生的霍夫太太。她现在全身穿戴得干净整齐，是宫廷"钉书匠"霍夫的夫人。她不论是境况好还是境况坏，从来都不会忘记她的朋友。她像祖母和妈妈一样，非亲吻他一下不可。

"霍夫不能和我一起来！"她说。"他需要呆在家里为皇上的私家图书馆装订一部全集。你很幸运，但我也并不错。我有我的霍夫、一张安乐椅和一个炉边的角落。每星期我都会请你来我家里来吃两次饭，你会看到我的家庭生活。那可是一部完整的芭蕾舞！"

祖母和妈妈几乎可以说是找不到一点儿机会和贝儿讲句话，但是她们望着他，眼里却射出幸福之光。他要坐上一辆马车开到新的家里去——那位歌唱家的房子。她们高兴地笑，但同时也高兴地哭起来。

"他又成了一个多么可爱的孩子啊！"祖母说。

"和他出门的时候一样，他仍然保持一个和善的面孔呢！"妈妈说。"将来等他登上舞台的时候，仍然会留住这副面孔！"

马车在歌唱家的门口停了下来，主人不在家。老佣人将门打开，带着贝儿到他房间里去。周围的墙上挂着很多作曲家的画像，壁炉上放着一尊洁白的白石膏半身像。

这个老头儿的头脑虽有些迟钝，但是却非常可靠忠诚。他将写字台的抽屉和挂衣服的钩子都指给他看，并且还答应他说，他愿意帮他擦皮鞋。这时歌唱家也回来了，热情地握着贝儿的手，表示欢迎。

他说："这就是整个的住所！你住在这儿可以像住在你自己家里一样。你可以随便使用客厅里的钢琴。明天我们可要听一听，究竟看你的声音变成了什么样。这位是看守我们宫殿的人——我们的管家！"接着他就对这位老头儿点了点头。"一切东西都整顿了一番。为了欢迎你的到来，壁炉上的卡尔·马利亚·韦伯又重新擦了一次白粉！他一直都是肮脏得怕人。然而摆在那上面的并不是韦伯，而是莫扎特。他是从哪里搬来的？"

佣人说："这是老韦伯呀！我亲自将他送到石膏师那儿去，今天清晨才把他取回来的！"

"并不是韦伯的半身像呀，而是莫扎特的半身像！"

佣人说："请原谅，先生！这是老韦伯呀，他只不过是给擦洗了一番罢了！因为给他上了一层白粉，于是主人就认不出他来了！"

这只有那位石膏师能证明——但是他从石膏师那里得知，韦伯已经跌成了碎片，于是他就送了一尊莫扎特的石膏像给他。但放在这壁炉上有什么区别呢？

在第一天，贝儿并不需要演唱些什么。然而当我们这位年轻的朋友来到客厅里的时候，他看到了钢琴和摊在它上面的约瑟夫。接着他就开始唱起"我的第十四夜"来，他的声音像铃声一样的响亮。它里面有某种诚恳和天真的气质，然而同时又是充满了丰满和力量。歌唱家一听，眼睛就湿润了。

他说："应该这样唱才对！而且还能唱得比这还好一点。现在我们盖上钢琴吧，你得休息了！"

"今天晚上我还要去看看祖母和妈妈！我都答应过她们。"然后他就匆匆地出去了。

落日的余霞照在他幼时的屋子上，墙上的玻璃片折射出光来，这简直是像一座用钻石砌的宫殿。祖母和妈妈坐在顶楼上等他——这需要爬好长时间的楼梯才能达到，然而他一步跳三级，不一会就到了门口。一大堆拥抱和亲吻在等待着他。

这个小小的房间是干净整齐的。那只老熊——火炉——与藏着他木马时代的一些秘宝的那个橱柜仍然立在原先的地方；墙上依然挂着那三张熟悉的人像：上帝像，国王像和用一张黑纸剪出的"爸爸"的侧像。妈妈说，这和爸爸的侧像是完全一样，假如纸的颜色是红的和白的，那会更像他，由于他的面色就是那样。他是一个非常可爱的人！而贝儿简直就是他的一个缩影。

他们有很多话要说，有许多事情要讲。他们一会儿会吃碎猪头肉冻，与此同时霍夫太太也答应今晚要来拜访他们。

"但是这两个老人——佛兰生和霍夫小姐——怎么会忽然记起要结婚呢？"贝儿问。

"他们已经考虑这件事有许多年了！"妈妈说。"你当然明白，他曾经结过婚。据说他干这件事是为了要刺激一下佛兰生小姐，因为她在得意的时候曾经看不起他。他妻子很富有，但是老得够瞧，而且还要拄着一对拐杖走路，即使她的心情总是那么高兴。她总是死不了；他只得耐心地等待。我一点也不感到惊讶，如果说他是像故事中所讲的那个角色，每个礼拜天将这位老太婆放在阳光下，好令我们的上帝看到她而记起接走她。"

祖母说："佛兰生小姐安静地坐在一旁，等待着，我从来都没有想到，她会达到目的。然而霍夫太太去年忽然死了，因此她就变成了那家的主妇！"

正在这时候，霍夫太太走了进来。

祖母说："我们正谈起您，我们正在谈论着您的耐心和您所获得的补偿。"

"是的，"霍夫太太说，"这从未在年轻的时候实现。不过只要一个人很健康，一个人将永远是年轻的。这是我的霍夫讲的话——他有一种很可爱的想法。他说，我们是一些好的旧作品，装订成的一册书，并且背面上还有烫金呢。有了我的霍夫和我那个炉边的拐角，我感到非常幸福。那个火炉是瓷砖砌的：晚上生起火来，第二天整天都还是温暖的。这确实是舒服极了！这简直是好像在那个芭蕾舞——细尔茜之岛上。您们还想得起我演过的细尔茜吗？"

"记得，那时你十分可爱！"祖母说。"一个人的改变是那么大啊！"她说这句话并没有任何恶意，并且对方也不作这样想法。然后大家就一同吃碎猪头肉冻和喝茶了。

接下来一天上午，贝儿去拜访商人家里。太太接待了他，握了他的手，同时叫他在她身旁的一个座位上坐了下来。在和她谈话的时候，他对她表达衷心的感谢，因为他很清楚，商人就是那个匿名的恩人。

但是这件秘密太太还不知道。"那正是他的本色！"她说，"这不值得谈论！"

当贝儿说到这件事情的时候，商人显现得很生气。"你完全搞错了！"他说。他打断了这个话题，然后就走开了。

现在费利克斯是一个大学生，他计划着进外交界工作。

太太说："我的丈夫认为这是发疯，我对此没有什么意见。老天爷自然会有它的安排！"

费利克斯并没有在家，由于他正在剑术教师那儿学习剑术。

回到家来，贝儿说他是多么感激这位商人，然而他却不接受他的感激。

歌唱家问："谁告诉你，他就是你所谓的恩人呢？"

"我的祖母和妈妈讲的！"贝儿答道。

"这样说来，那么肯定就是他了！"

"您是知道的吧？"贝儿说。

"我知道，但是我是不会让你从我这里得知这件事的事实的。那么从现在开始，我们每天清晨在家练习歌唱一个小时。"

十一

每一个星期有一个四重奏，耳朵、思想和灵魂都充满了贝多芬和莫扎特的音乐诗。贝儿的确有很久不曾听到过这段优美的音乐了。他觉得仿佛有烈火一般的吻穿过了他的脊骨，一直渗进他所有的细胞里去。他的眼睛湿润了。在这儿的每一次音乐会，对于他来说，简直就像是一个欢乐的宴会，给他印象之深要超过剧院所演的任何歌剧，由于剧院里总是有些东西在捣乱人的注意力或者显示出缺点。有时一些个别的词句听起来总是不太对头，却在唱腔上被掩饰过去了，连一个中国人甚至格林兰人都能听得出来。有时音乐的作用被戏剧性的动作降低了，有时丰满的声音被八音盒的响声给削弱了，又或者拖出一条假声的尾巴来。舞台服饰和布景也给人起一种不真实的感觉。然而在四重奏中这一切缺点都消失了。音乐诗开出灿烂的花朵；音乐厅周围的墙上悬挂着华贵的织锦。他正处在大师们所制造出来的音乐的世界里。

有一个晚上，一个非常有名的交响乐团在一个公共大音乐厅里弹奏贝多芬的田园交响乐。那首曲子以舒缓的调子奏出的"溪边即景"，通过一种神奇的力量，令我们这位年轻的朋友非常兴奋和感动起来。

它带他到一个充满了生命的、清新的大森林里去。那里面有夜莺和云雀在欢乐，还有杜鹃在唱歌。多么自然和美丽，多么新鲜的泉水啊！从那一刻起，他认识到了那是一种诗情画意的音乐——这里面表现出最自然的外貌，还反映出了人心的搏动。这在他灵魂中留下了极其深刻的印象。贝多芬和海顿成为了他最崇拜和喜爱的作曲家。

他常常和歌唱教师谈起这件事情，每当他们谈完以后，他们两人就会成为更加亲密的朋友。这个人的知识是多么丰富啊，简直是像米麦尔的泉水似的。贝儿静静地听他讲述。就像小时听祖母讲故事和童话那样，现在也十分聚精会神地听着关于音乐的事情。他了解到大海和森林在讲什么东西，还有那些古冢在发出什么声音，以及每只小鸟在用它的尖嘴唱出什么样的歌，花儿在悄无声息地散发出什么样的香气。

每天上午的音乐课，对于学生和老师说来，简直是一桩非常大的愉快。每一支小调都是用表情和天真和新鲜的心情唱出来的；舒伯特的那首漫游之歌唱得非常美丽。曲调唱得对，词句也唱得很到位。它们融会成一片，它们恰如其分地相互辉映。不能否认，贝儿是一个传奇的戏剧性的歌唱家，他的技术在快速进步——每一年，每一个月，每一个星期，每一天都在不停地进步。

我们的年轻朋友是在愉快和健康中成长，没有什么困苦，也没有什么忧愁。生活是美丽的，丰富的，前途也充满了幸福。他对于人类的信心从来没有怀疑过。他有孩子的灵魂以及成人的毅力，大家都用友善的态度和温柔的眼光来和他相处。日子一久，他和歌唱教师之间的关系就变得更加诚恳，更加忠心，他们两人就像是兄弟一样。弟弟拥有着一颗年轻的心所具备的温暖和热忱，这一点哥哥很清楚，而且也用同样的感情来对待他。

歌唱教师的性格中都充斥着南方的那种特有热情。人们一看就明白，这个人能够强烈地恨，也能够强烈地爱——所以非常幸运的是，后一种特点他掌握住了。除此之外，他去世了的父亲还留给他一笔可观的遗产，所以他的处境可以让他不需去找工作，除非那是使他乐意做、而且喜欢做的工作。但是实际上，他暗地里做了许多非常值得称赞的好事，可是他却不愿意叫人去感谢他，或者谈论他所做的那些好事情。

"假如说我做了一些什么事情，"他说，"那只是因为我能够去做、而且也可以做得到的缘故。这只是我的义务！"

他的老佣人——也恰恰就是他开玩笑时所说的"我们的宫殿看守人"——在发表他对于这家的主人的意见的时候，总是降低自己的声音，去说："我明白，他每年每日都在送些什么东西给别人，在替别人做些什么事情，但同时我又似乎什么都不知道。国王应该为他颁发一枚勋章才对！但是他却不愿意戴这种的东西。根据我对他的了解，假如有人因为他做了些好事而赞扬他，他一定会非常生气！不论这是一种什么信仰，他会比我们任何一个人都要快乐得多。他简直就是一个圣经上写的快乐人！"故事说到这里，这个老头儿还特别地加重语气，就像贝儿还有什么其他的怀疑似的。

他感觉到，并且也充分认识到，其实歌唱教师是一个喜欢做善事的真正基督徒——个可以供大家作为模范的人。可是这个人却从来不去教堂。贝儿有一次谈到他下一个礼拜天将要同妈妈及祖母去领"上帝的圣餐"，同时也问起来歌唱教师是否也做过相同的事情。但是他所得到的回答是：没有！他好像觉得，这个人还要说别的话。事实上，他的确是有一件事情想告诉贝儿，但是却一句话都没有讲。

在一天晚上，他高声地念着报上的一小段消息：有关两个有名有姓的真人的善举。这使得他谈起做善事所能获得的报偿。

"只要人不期盼得到它，它自然就会来到！善行所得到的报酬必将是像塔尔木德里所提到的枣子一般，成熟得越迟，那么其味道就越香甜。"

"塔尔木德，"贝儿又接着问，"这是一本什么样的书呢？"

教师回答说："这本书在基督教中早已经种下了不只是一颗思想的种子。"

"是谁写的这本书呢？"

"是古代的很多智者——各个国家信仰着很多种不同宗教的智者写的。在那里面，仿佛是在所罗门的箴言集里一样，简短几个字就把可以智慧保存下来了。真可以说是真理的核心！在那里人们读到，世界上所有的人在许多世纪以来就一直是相同的。比如说'你的朋友有一个朋友，而且你的朋友的朋友也有一个朋友，你说话应该谨慎小心些！'那样的话，里面都有写。这种智慧是在任何时代都非常适用的。像'谁也跳不出自己的影子'，那样的名言，这里面也有写。还比如：'在荆棘上行走的时候，请切记要穿上鞋！'你应该去读读这本书。你在这书里所看到的文化的印迹，要比在现实中所看到的清楚很多。对于像我这样的一个犹太人来说，它可以算是我的祖先的一笔精神文化遗产。"

"什么？犹太人？"贝儿说，"您是一个犹太人吗？"

"你还不知道呢？真奇怪，我们两人直到今天才谈到这件事！"

祖母和妈妈也不知道这件事。她们从来都没有想到这件事，她们只单单知道，歌唱教师是一个了不起和正派的人。贝儿完全依靠了上帝的指引才能在无意中碰到了这个人，除了上帝之外，他所能得到的那些幸运，就不得不承认要归功于这个人了。妈妈现在却说出了这样一个秘密，而这个秘密是因为她曾答应绝对不会告诉任何人，才会后来由商人的太太告诉她的。但她保持了这个诺言不过才几天功夫！歌唱教师无论如何都不希望有人将这件秘密泄露出来：贝儿住在加布里尔先生家里的学费和膳宿费完全是由他支付的。自从那天他晚上在商人家里听到贝儿唱的芭蕾舞剧参孙以后，他就成了他一个真正的恩人和朋友——但是这件事却一直是要求要保守秘密的。

十二

霍夫太太在等待贝儿。他现在来了。

"现在我要介绍霍夫给你!"她说。"我还打算把我炉边的那个角落也介绍给你。当我在天扮演玫瑰花精和跳细尔茜的时候,我从来没有想过会过这种日子。的确,现在也很少有人会想到那个小巧的佛兰生和芭蕾舞了。'月亮里的 Sictransit gloria,'——当我的霍夫一谈到我的光荣时代的时候,他就会幽默地引用那句拉丁文。他这个人十分喜欢开玩笑,但是他的心地确实是很好的!"

她所谓的"炉边的角落"是指一个天花板吊的很低的起坐间。它在地板上铺着地毯,墙上还挂着几幅适宜于一个钉书匠身份的画像。这里有富兰克林和古登堡的像,也有塞万提斯、莎士比亚、莫里哀和两个盲诗人(荷马和奥仙)的像。在顶下面还挂着一幅镶在一个玻璃里和宽相架的、特地用纸剪出的女舞蹈家的像。她身穿一身镶有金箔的轻纱衣服,她的右腿翘到了天上,在她的下面还写着这样一首诗:

> 是谁舞得迷惑所有的心?
> 是谁表现得如此天真无邪?
> 当然是爱米莉·佛兰生小姐!

这首诗是由霍夫所写的。他会写出非常可爱的诗句,尤其是滑稽的诗句。这张像是他在还没有和第一个太太结婚之前就已经剪好了的、并且把它粘上和缝上。很多年来它一直躺在抽屉里,如今它却装饰着这块"诗人的画廊"——也就是霍夫太太的私人小房间——她所谓的那个"我的炉边的角落"。霍夫和贝儿两人的相互介绍就是在这儿举行的。

"你看他是一个非常可爱的人!"她对贝儿说,"对我来说,他是一个很可爱的人!"

"的确是那样,当我在礼拜天穿上一身漂亮衣服的时候!"霍夫先生说。

"你连什么都不穿也是可爱的!"她笑着说,于是她微微低下头,因为她忽然觉察到,像她这样的年纪,现在讲这样的话难免有些幼稚。

霍夫先生说:"旧的爱情是不会生锈的!旧的房子一起火就会被烧得精光!"

"这和凤凰的情形相同,"霍夫夫人说,"我们又变得比较年轻起来了。这儿就是我们的天国,别的什么地方都引不起我们的兴趣!当然,跟祖母和妈妈在一起呆个把钟头也是可以的!"

霍夫先生说:"还有你的姐姐!"

"不是,霍夫宝贝!那里现在已经不再是天国了!亲爱的贝儿,我可以告诉你,他们的生活境况非常不好,而且还弄得一团糟。至于这个家,我们不知如何说才好。我们不敢用'黑暗'这个词,因为她的大女儿的未婚夫有着黑人的血统。我们也不敢说'驼背'这个词,因为她有一个孩子的背部是驼的。我们更不敢说'经济困难'这个词,因为我的姐夫恰恰就是如此。我们同样不敢说曾经到林中去闲逛过,因为'林'字的声音不太好听——一位姓'林'的家伙以前和她最年轻的女儿解除了婚约。我这个人就是不太喜欢在拜访人家的时候总是要闭着嘴,一句话都不敢讲。假如我什么话都不敢讲,那我宁愿闭门不出,独自呆在我炉边的角落里。如果这不是大家所谓的那种'罪过'的话,我倒要去请求上帝让我们继续活下去——那个炉边的角落究竟能保持多久就活多久,因为我们在这里内心可以得到平安。那儿就是我的天国,而这个天国就是我的霍夫给我的。"

他说:"她的嘴里有一个金子的磨碎机!"

她却说:"他的心里则充满了金子制成的颗粒!"

磨碎,整整磨碎一袋,爱米莉就像纯金般可爱!

当他在念这两句话的时候,她就会在他的下巴底下呵一下痒痒。

"这首诗是他即兴吟出来的!这真是值得印刷几万套出来!"

"并且值得装订成书呢!"他笑着说。

这两位老人就是彼此喜欢开玩笑。

一年很快就过去了。贝儿开始练习表演一个人物角色,他首先选择了

"约瑟夫"，但是后来他又改换成了歌剧白色夫人中的乔治·布朗。他很快就把音乐和歌词都学会了。这部歌剧是取材于华尔托·司各脱的一部长篇小说，通过这部小说，他了解到了那个活泼、年轻的军官的全貌。当这位军官回到故乡的山里的时候，看到了他祖先的宫堡但却认不出来。直到一支古老的歌唤醒了他儿时的回忆，接着幸运之神就降临到他的身上：他得到了一座宫堡和一位新娘。

他所读到的故事十分像他亲身所经历过的一些事情，像他自己生活中的一章。动听的音乐和他的心情完全相符合。过了好长、好长一段时间以后，第一次彩排才慢慢地开始。歌唱教师认为，他没有急于登台的必要。但是最后这一天终于到来了。他不只是一个歌唱家，还是一个演员。他把他整个的心灵都投入到这个角色中去了。乐队和合唱队第一次对他疯狂的鼓起掌来。人们期盼着第一次预演会带来极大的成功。

"一个人或许在家里穿着便衣的时候会是一个非常伟大的演员，"一位好心的朋友这么说，"或许在阳光下显得非常了不起，但是在脚灯前，在那满满一屋子的观众面前或许是一无可取。只有时间才能够证明。"

贝儿并没有感到有什么恐惧，他只是渴望这个非同寻常的一晚的到来。但是相反地，音乐教师反倒是有些紧张起来。贝儿的妈妈没有那个胆量到剧院里去，她会因为担心她亲爱的儿子而倒下来。祖母的身体也不舒服，医生说她需要呆在家里。不过她们忠诚的朋友霍夫太太已经答应在当天晚上就把经过详情告诉她们。即便她在呼吸最后一口气，她也必须、而且肯定要到剧院里面去的。

这一晚是多么漫长啊！那三四个钟头简直就像是无穷尽的岁月。祖母唱了一首圣诗，与此同时和妈妈一同祈祷善良的万能的上帝，让小贝儿今晚也能成为一个幸运的贝儿。但是，总是觉得钟上的指针走得可真慢。

"贝儿现在开始了！"她们说。"他现在演完了一半！现在他的演出将要结束了！"祖母和妈妈彼此呆望着，再也讲不出任何话来。

街上充满了车子所发出的隆隆声，这是那些看戏的人散场以后回到家。而且这两个女人从窗子里向下面望，有许多人走过，并且在高声地谈论。他们都是从剧院中走出来的，据他们所知道的事情，将会给这两位住在商人顶楼里的妇人带来欢乐或者非常大的悲哀。

之后楼梯上有了脚步声。霍夫太太走了进来，后面还跟着应该是她的丈夫。她抱着祖母和妈妈的脖子，但是一句话却也讲不出来。她一直在哭，在哽咽。

"天啊！"祖母和妈妈齐声说，"贝儿表演的结果到底是怎样的呢？"

"让我尽情地哭一会儿吧！"霍夫太太说。她是十分激动，极其兴奋。"我实在是支持不了了！啊，你们这些亲爱的人，也支持不了了！"这时眼泪如雨点似的滴下来了。

"大家是把他嘘下了台吗？"妈妈惊恐地问。

"不是，不是这样的！"霍夫太太说。"大家——我竟然亲眼看见了！"

于是祖母和妈妈就一同哭了起来。

"爱米莉，不要太过于激动了呀！"霍夫先生安慰说。"贝儿征服了观众！他胜利了！观众那样热烈地鼓掌，几乎把整个房了都要震倒了。我的双手现在还有这种麻麻的感觉。从正厅到顶楼一直都是一片雷鸣般掌声，皇族的全家人都在热烈地鼓掌。这一天的确可以说是戏剧史上的一个具有划时代的意义的日子。这不仅仅可以说是本事，简直可以说是天才！"

"是的，他就是天才！"霍夫太太说，"这是我的想法！上帝也会祝福你，霍夫，因为这句话是从你的口中讲出来的。你们善良的人啊！我从来没有如此的相信过，一个人能够将一出戏同时演得和唱得那么好！而我还亲身经历过全部舞台历史！"她又哭了起来。祖母和妈妈在大笑，同时眼泪像珍珠般的从她们的脸上滑落下来。

"好好地去睡一觉吧！"霍夫先生说。"走吧！爱米莉，再见！大家伙再见！"

他们告别了这个顶楼以及住在这上面的两位现在最幸福的人。这两个人并不孤单，门不一会儿就被推开了，走进来的是贝儿——他早先是答应第二天下午过来的。他知道两个老人的心里是很记挂他，她们是多么担心他演出的结果。因此当他与歌唱教师乘着马车从门口经过的时候，他在外面特地的停了一下。他看到楼上还有窗户亮光，所以就觉得非进去看一下不可。

"好极了！妙极了！真是美极了！一切都顺利！"他们欢呼着，同时把祖母和妈妈吻了一下。歌唱教师满脸笑容，连连对她点头，与她们握手。

"现在他要回去先休息一下！"他说。所以这次夜深的拜会就这样结束了。

"天上的上帝，你是多么和善、仁慈啊！"这两个贫困的女人说。她们一直谈论着贝儿，一直谈到了深夜。在这个大城市所有的地方，人们都无时无刻在谈论着他，谈论着这位年轻英俊的杰出歌唱家。幸运的贝儿竟达到了这样的成就。

十三

早晨出版的日报将这位不寻常的新艺术家郑重其实地渲染了一番。批评家则保留了他们的权利，要等到第二天再去发表他们的意见。

商人们特地为歌唱教师和贝儿举行了一个非常盛大的庆祝晚宴。这表示一种关心，表示他和他的妻子对于这个年轻人的关注，因为这个年轻人以前是在他们的屋子里出生的，而且还与他们的儿子同年同月同日出生的。

商人与歌唱教师干杯的时候，同时也发表了一篇漂亮的演说，因为这块"宝石"——这是一个非常有名的日报专门为贝儿所取的名字——这是歌唱教师所发现和雕琢出来的东西。

费利克斯坐在他的身边。他的谈吐非常幽默，同时也充满了感情。吃完饭以后，他拿出他自己的雪茄烟来敬客——这比商人的要好很多。"他能够敬这样的雪茄给你，"商人说，"因为他有一个非常有钱的父亲！"贝儿不吸烟，这是一个很大的缺点，但这又是很容易补救的一个缺点。

"我们一定要成为朋友！"费利克斯说。"你现在可是京城里的大红人！所有的貌美年轻姑娘们——也包括年纪大的——都对你倾倒。你在任何事情上都是一个非常幸运的人。我羡慕你，尤其是因为你可以伴在年轻的女子中间随意进出剧院的大门！"

但是在贝儿看来，这些并不是一件值得人们羡慕的事情。

他接到加布里尔太太来的一封信。报纸上有关他初次演出的赞美以及他将会作为一位艺术家所能获得的成就，令她高兴得不得了。她曾经与她的女儿们用混合酒来为他干过杯，加布里尔先生也分享了他的光荣史。他相信，贝儿可以把外国字的发音念得比大多数的人都正确。药剂师在城里四处去宣传，说人们是在他的小剧院里第一次看到和钦慕贝儿的才华的，而这种才华现在终于在首都得到了大家的承认。"药剂师的女儿也一定会感到非常烦恼，"太太补充说道，"因为他现在有资格向伯爵和男爵的小姐求婚了。"药剂师的女儿太急了，所以答应得也太快：在一个月之前她就已经和那位肥胖的市府参议秘密的订婚了。他们的结婚预告已经发布出来，就在这个月的二十号他们将要举行婚礼了。

贝儿收到这封信的时候，恰巧正是这个月的二十号。他就觉得他的心好像被刺了一下。这时他才认识到，在他的灵魂摇摆不定的时候，她曾经在他思想中起到了稳定的作用。在这个世界上，他爱她胜过爱任何人。他的眼里充满了泪水，他把信捏在手里捏成了一团。自从他从祖母和妈妈听到关于爸爸在战场上牺牲了的那个消息之后，这是第一次他心中感到极大的伤痛。他觉得一切幸福都没了，他的未来是非常的空洞和非常的悲哀。他年轻英俊的面孔上不再发射出阳光来，他心里的阳光也消失了。

"他的脸色很难看！"祖母和妈妈说。"他在舞台上工作得太紧张了！"

祖母和妈妈这两个人可以看得出来，他和过去有些不一样。歌唱教师也可以看出来了。

"发生什么事了？"他问。"你在苦恼什么，能让我知道吗？"

这时他的双颊红了起来，眼泪也流了出来。他把他所感到的悲愁全都讲了出来。

"我强烈地爱着她！"他说。"这件事我现在才明白过来，但是已经晚了！"

"悲哀的、可怜的朋友！我非常了解你！就在我面前痛哭一场吧。然后你可以相信，无论世界上出了什么事情，其最终总是为了我们好，你可以越早做到这一点就越好。你这样的烦恼我曾经也经历过，而且现在还在经历。和你一样，我也曾经爱过一个女子，她是既美丽，又聪明，也很迷人。她打算成为我的妻子，我可以给她优质的生活条件，她也非常爱我。但是在结婚之前我必须答应她们一个条件：她的父母有这个要求，她自己也有这个要求，我必须成为一名基督徒——"

"难道您不愿意吗？"

"我不愿意！一个人从这个宗教换到另一个宗教，不是会对他所遗弃的那个宗教犯罪，就是会去对他新加入的那个宗教犯罪。一个有良心的真正人要想避免这些是不可能的。"

贝儿问："您有信仰吗？"

"我相信我祖先的上帝。是他指引我的脚步和我的智力。"

他们坐着好一会儿都一声不响。于是歌唱教师的手就滑到了键盘上，他弹了一首古老的民歌。他们谁都没有唱出歌词，可能是他们都陷入深思中了。

加布里尔太太的来信没有人再敢读了。她做梦也不会想到，这封信掀起了那么大的悲哀。

过了几天之后，加布里尔先生也寄来了一封信。他也表示了来自他的祝贺，同时拜托贝儿办一件"小事儿"——这也许就是他写这封信的真正用意。他请求贝儿帮他买一对小小的瓷人：胡门和阿穆尔——象征结婚和爱情。"这个小城市全部卖空了，"信里说，"但是在京城里却很容易买到。钱就附在这封信里。希望你能尽快将它寄来，因为我和我的妻子曾经应邀参加过她的婚礼，而这就是将要送给她的结婚礼物！"除此之外，贝儿还从信里得知："马德生再也不是学生了！他已经从我的家里搬走了，但是他在墙上留下了一大堆用以侮辱全家人的话语。小马德生——此人不是一个好人。'Sunt pueri pueri, pueri puerilia tractant！'——这句话的意思是说：'孩子终究是一个孩子，孩子会做出非常孩子气的事情的！'我特地把它在这儿翻译了出来，因为我清楚，你不是一个专门研究拉丁文的人。"

加布里尔先生的那封信写到这里就这样彻底的结束了。

十四

每当贝儿坐在钢琴面前的时候，钢琴就常常发出一种激动他思想和内心的调子。这些调子不时会变成为具有歌词意义的旋律——这和歌的调子是分不开的，因此好几首具有感情和节奏的短诗就由此产生了。它们是用一种低微的声音轻轻唱出来。它们在寂静中飘荡着，似乎它们是有些羞怯，害怕被人听到了似的：

> 一切都会似风儿一样吹走，
> 这里没有什么会永远不变。
> 脸上的玫瑰色也不会久留，
> 泪珠和微笑也会很快不见。

> 那么你为什么会感到悲哀？
> 痛苦和愁思不久就会逝去；
> 像树叶似的什么都会衰萎，
> 时间和人，谁也无法留住！

> 一切东西都会消逝——消逝，
> 希望，青春，和你的朋友。
> 一切都会如风儿一样奔驰，
> 再也没有一个回来的时候！

“这首歌和旋律你是从什么地方采风来的呢？”歌唱教师问。他无意间看见了这首写好的歌词和音乐。

“这首歌和这一切，都是自动唱出来的。它们不会再飞到那些更高更远的地方去了！”

“忧郁的心情也会随之开出花来！”歌唱教师说，“但是忧郁的心情却不会去给你忠告。我们现在必须扬起风帆，向下一次演出的方向继续进发。你觉得那个忧郁的丹麦王子哈姆雷特怎么样啊？”

“我熟悉莎士比亚的这部悲剧！”贝儿说，“但是还不太了解有关于多玛士的歌剧。”

“这部歌剧的名字应该叫作莪菲丽雅，”歌唱教师继续说。莎士比亚在悲剧中让王后把欧菲丽雅的死讲述出来，这一段在歌剧中成了一段最精彩的部分。我们曾经在王后的口中所听到的相关的东西，现在可以亲眼所见，而且在声调中也可感觉得到：

> 一道溪坎上斜长着一棵杨柳树，
> 银叶子映照在琉璃一样的溪水里。
> 她编了美丽的花环，用种种花草，
> 有荨麻，雏菊，金凤花，还有长颈兰，
> （放浪的牧羊人给它起更坏的名称，
> 贞洁的姑娘还不过叫它"死人指"）
> 她到了那里，爬上横跨的枝桠
> 去套上花冠，邪恶的枝条折断了，
> 把她连人带花，一起抛落到
> 呜咽的溪流里。她的衣服张开了，
> 把她如美人鱼一样的托在水面上，
> 她还断续地唱着那些古老的曲调，
> 好像她一点也没感觉自己的苦难。

　　歌剧把这整个的情景都呈现在我们面前，我们清楚地看到了欧菲丽雅走了出来，舞着，玩着，唱着那首关于"美人鱼"的故事的古老的歌。这个"美人鱼"把男人引领到河底下去。当她在采着花和唱着歌的时候，人们便可以听到在水底下有相同的调子；这些诱惑人的调子是从深水底下他们用合唱的声音溢出来的。她大笑着，她倾听着，她一步一步地走近了岸边。她紧紧地扯住那些垂柳，同时又弯下腰去摘那些白色的睡莲。她轻轻地向它们浮游过去，躺在了它们宽阔的叶子上哼着歌。她随着叶子的抖动飘荡着，让流水托着她一步步走向深渊——在这里，她和那些零乱的花朵似的，在月光中沉了下去。
　　她上面传来一阵"美人鱼"的清歌。
　　在这个壮丽的场景中，哈姆雷特，他的母亲，就是那个私通者以及那个要已故的、复仇的国王，好像是特意为这个丰富多彩的画幅而特地创造出来的人物。

我们在这里所看到的不仅仅是莎士比亚的笔下的哈姆雷特，就好像我们在歌剧浮士德中所看到的不是歌德的浮士德那样。沉思是不足以成为音乐的源泉，把这两部悲剧提升到了音乐诗的高度的是它们里面所蕴藏着的"爱"。

歌剧哈姆雷特在舞台上开始演出了。扮演欧菲丽雅的那位女演员是十分迷人的，死去时的那个场面也十分逼真。哈姆雷特在这一晚引起了非常大的共鸣。在任何一个场景中，只要是他出现，他的性格就会向前发展一步，达到完美的境地。歌唱者的声音的那个音域，也可以引起观众的惊奇。无论是唱者低调或高音，他始终都保持着一种非常清新的感觉。正如他唱乔治·布朗那样，他唱哈姆雷特也是那么的出色。

在意大利的歌剧中，歌唱的部分如一幅画布，那些天才的男女歌唱家在那上面寄托着他们的才技和灵魂，用深浅不同的颜色创造出诗所要求的形象。如果说曲子是以人物为中心的思想创作出来并且演奏出来的，那么他们的表演就还能达到更完美更高的程度。针对这一点古诺和多玛斯是充分了解的。

在这一晚的歌剧当中，哈姆雷特的形象是有肉有血的，因此他也就成为这个诗剧中很突出的一个角色。在城堡上的那个夜景是令人非常难忘的：这是哈姆雷特第一次看到他父亲的幽灵。在舞台前面所展现的是城堡中的一幕：他吐出恶狠的字眼，他第一次在可怕的情景中看见他的母亲，父亲正以一种复仇的姿态站在亲生儿子面前，最后，在欧菲丽雅死的时候他所唱出的调子和歌声是那么的强烈啊！她成了海上一朵深沉的引起人怜爱的莲花，它的波浪，有一种不可抗拒的力量闯进观众的灵魂当中去。哈姆雷特在这天晚上成了一个主角。他荣获全胜。

"他是从哪里得到的这种成功呢？"有钱的商人的太太们问。她想起了住在顶楼上贝儿的祖母和父母。他的父亲是一个正直和老实的仓库看守人，而且在光荣的战场上牺牲时只不过是一个普通的小士兵；他的母亲也只是一个给别人洗衣的女人，并不能使儿子得到什么文化；他自己则是一个在寒酸的私塾里被教养大的——在短短的两年时间，一个乡下的教师又能够给他多大的学问呢？

"那是因为他是天才呀！"商人感叹说。"天才，那是上帝的赐与！"

"一点都不错！"太太附和说。当她和贝儿讲话的时候，她就会把双手合起来，"当你得到这一切的时候，你心里真的觉得自己很卑微吗？上帝对你真是说不出的慷慨啊！他把什么都赐与你了。你不知道，你演的哈姆雷特是多么令人感动！你自己是想象不到的。我听说，许多诗人自己也不清楚他们所贡献出来的东西是多么伟大；他们需要有哲学家来解释给他们听。你对哈姆雷特的概念是从什么地方了解的呢？"

"我之前对这个角色曾经认真作过一番思考，读过很多有关莎士比亚的诗的文章，最后终于在舞台上我把我自己全心全意地投入到这个人物和他的环境当中去——我所能做到的一切，我全都努力做了，至于别的，那就全靠我们的上帝做主！"

"我们的上帝！"她显露出一种微带责备的眼神说，"他的名字在这里用不上！他赋予了你能力，但是你肯定不会相信，他和歌剧或者舞台有什么关系！"

"有关系！"贝儿高声地回答说，"他在这里也有一个讲坛，但是大多数的人在这里喜欢听的要比在教堂里多很多！"

她摇摇头。"凡是善与美的东西总是和上帝分离不开的，不过我们最好不要随便乱用他的名字。能够成为一个伟大的艺术家是上帝的恩赐，但是更为重要的是成为一个很好的基督徒！"她认为，她的费利克斯决不会把教堂和戏院放在一起相提并论的，因而她为此事感到十分高兴。

"如今你和妈妈的意见不统一了！"费利克斯笑着对他们说。

"这是我没想到的！"

"别为这件事伤脑筋了吧！只要你下个礼拜天去教堂里，你还可以获得她的好感！到时你可以站在她的座位边上，向右边看上一眼——因为在那边的特别席位上会有一个小小的面孔，非常值得一看的。那就是寡妇男爵夫人家的漂亮女儿。我给你这个忠告完全是出自好意！而且我还可以再给你一个友情忠告：你不能总是在你目前住的地方一直住下去呀！搬进一个像样的公寓里去住吧！如果你不愿意离开歌唱教师的情况下，你最好劝他也住得漂亮一点！他并不是没有能力做到这一切的，与此同时你的收入也并不差呀。你也应该偶尔请请客，吃吃饭。我自己有能力这样做，而且也会乐意这样做,但是你可以请几位小巧的女舞蹈家来!你是一个幸运的家伙!不过,向老天爷发誓,我认为你还不懂得如何做一个年轻的男子!"

贝儿是完全理解的,只不过方式不一样罢了:他用热烈、丰满、年轻的心爱他的艺术。艺术是他的新娘,她报答他的爱,把他提升到快乐和阳光中去。曾经打击过他的忧郁感,很快就消失了,他所遇见的都是温暖的眼光。大家对他都表示出一种和蔼、温柔的态度。祖母曾经让他一直挂在胸前的那颗琥珀心,现在依然挂在他的身上。它是一个幸运的护身符,他确实也是这样想,因为他现在还没有完全摆脱迷信——人们也可以把这称作儿时的信仰吧。每一个天才的性格大概都有类似的特点,而且相信和期待自己的星宿。祖母曾经将那颗琥珀心里所蕴藏着的力量特意指给他看过——这种力量可以吸来任何东西。他的梦也提示过他,琥珀心怎么会冒出一颗树来——这颗树一直伸向屋顶和天花板,之后结出成千上万的金心和银心。毫无疑问地,这说明在他的心里——在他自己温暖的内心里蕴藏着一种神奇的艺术的力量,这种力量让他赢得了,而且还会进一步发展进而赢得成千上万的心。

在费利克斯和他之间一定存在着某种同感,他们两人虽然在本质上是不同。依贝儿看,他们之间的差异只是:费利克斯是一个有钱人的儿子,是在各种诱惑之下长起来的,而且他也有要求和力量来尝试各种诱惑。之后,至于他自己呢,作为一个穷人家的儿子,他则处于一个更为幸运的地位。

这两个在同一个屋子里出生的孩子都有了各自的成就。费利克斯很快就要成为皇家的侍从,而这则是当上家臣的第一个步骤。这样一来,他就会有一个金钥匙吊在他的身后了。至于贝儿呢,他永远都是一个幸运的人,他也已经有了一个金钥匙——虽然它是看不见的摸不到的,但是这个钥匙可以打开世界上的所有宝库,也可以打开世界上所有的心。

十五

现在仍然是冬天。雪橇的铃声在空气当中叮当叮当地响着,云块载着

大片大片的雪花。但是只要太阳露出几缕光线，人们就会知道春天就快要
来到了。年轻的心里所感到的悦耳和芬芳的东西，都以有声有色的音调流
露了出来，形成字字句句：

> 大地依旧躺在白雪的怀抱。
> 溜冰人愉快地奔跑在湖上，
> 乌鸦和银霜装点着树枝，
> 明天这些日子就会远离；
> 太阳击破了那阴沉的云块，
> 春天跟着夏日向城里走来，
> 杨树脱下它绒毛般的手套。
> 音乐师啊，你们应该演奏了！
> 小鸟们啊，请你们快乐，歌唱：
> "现在寒冷的冬天已经入葬！"

> 啊，阳光的吻是那么温暖！
> 来吧，来摘紫罗兰和车叶草，
> 树林似乎呼吸得十分迟缓，
> 好让夜里每一片花瓣伸展。
> 杜鹃在唱歌，你听得很熟。
> 听吧，你将活得极其长久！
> 你也应该像世界那样年轻，
> 兴高采烈，让你的嘴唇和心
> 与春天一起来欢唱：
> "青春永远不会消逝！"
> 青春永远不会消逝！
> 人生就好似一根魔杖：
> 它变出太阳，欢乐，风暴，悲哀，
> 我们的心里藏着另一个世界。
> 它决不会像流星那样消亡，

因为我们人是上帝的宠儿。
大自然和上帝永远年轻，
春天啊，请教给我们歌唱。
每只小鸟这样歌唱：
"青春永远不会消逝！"

"这是一幅唯美的音乐画，"歌唱教师称赞地说，"它适合于交响乐队和合唱队采用。这是你所有的感情作品中最好的一部作品。你确实应该学一学声学，你的命运虽然并不准备要成为一个作曲家！"

没过多久，年轻的音乐朋友们就将这支歌在一个大音乐会厅中介绍出去了。它吸引人们的关注，但却不能引起人的期望。我们年轻朋友的面前展开着他自己的道路，他的重要和伟大不仅仅是蕴藏在他所能引起共鸣的声调里，同时也蕴含在他的非凡的音乐才能中。就这一点，在他演哈姆雷特和乔治·布朗的时候已经显现出来了。他不喜欢演唱轻歌剧，但喜欢演正式的歌剧。由歌唱到说白，然后又从说白回到歌唱——这是有违他的自然和健全的理智的。"这就比如一个人由大理石的台阶走到木梯子上去，"他说，"有时甚至会走到鸡棚的横档子上去了，然后再回到大理石上来。一首完整的诗应该在音乐中获得生命以及获得灵魂。"

我们的年轻朋友们成就了未来的音乐（这是人们对于新歌剧运动的称颂，也是瓦格纳所极力提倡的一种音乐）的倾慕者和支持者。他发现这里面的人物都被刻画得鲜明清晰，章节充满了思想，整个的故事情节是在戏剧性地向前不断发展，所以没有停滞或者常常重现的那种旋律。"把漫长的歌曲放进去的确是不太自然的事情！"

"是的，一定要放进去！"歌唱教师说，"但是在很多大师们的作品中，它们却成为整体中最重要的那部分！它们也正应该这样，抒情歌最适合的地方是在歌剧之中。"之后他举出唐璜中堂·奥塔微奥的那首歌曲"眼泪啊，请你停止流淌吧！"为例。"多么像一座美丽的山湖啊！人们在它的沿岸休息，饱餐它里面发出的那些潺潺流动着的音乐声音。我钦佩这种新音乐伴随着的高超技巧，但是我却不希望和你在这种偶像的面前去跳舞。假如这不是因为你没有把你的真心话讲出来，那么就会是因为你还没有弄清楚问题。"

"我将会在华格纳的一个歌剧中演出，"我们的年轻朋友在那里说。"我如果没有把我心里的情感用字句说明清楚，我就会用歌唱和演技将其表达出来！"

他这次演的角色叫做洛亨格林——是一位神秘而年轻骑士。他立在由一只天鹅拉着的小船上，去渡过舍尔得河去为布拉般和艾尔莎而战斗。试问谁能够像他那样完美地演唱出会晤时的头一首歌"洞房中的那种绵绵情歌"和那首当这位年轻骑士在神圣格拉尔的环飞着的白鸽下面来到、征服、然后又消逝时的那首离歌呢？

这天晚上，对于我们这些年轻朋友们来说，要算是向艺术的重要和伟大又迈进了一步；对于歌唱教师来讲，要算得上是对于"未来的音乐"有了更深层的认识。

"但是附带着条件！"他认真地说。

十六

在那个一年一度的盛大美术展览会上，有一天贝儿遇到了费利克斯。后者当时站在一位年轻貌美的女子画像之前。她是一位寡妇男爵夫人（平时人们都这样称呼她）的女儿的。这位男爵夫人的沙龙是社会名流以及科学界和艺术重要人物的集中地。她的女儿刚刚满十六岁的时候，是一个可爱天真的孩子。这张画像非常的像她，是一件漂亮的艺术品。

"请到隔壁的一个大厅里面去吧，"费利克斯说，"那位年轻的貌美的人和她的妈妈就在那里。"

她们正在聚精会神地观看其中一幅表现性格方面的绘画，画面里所描绘的是一片田野。两个结了婚的年轻人，彼此紧紧地贴着，在那上面骑着一匹奔驰的快马。但是主角却是一个年轻的修道士，他正在凝望着这两位幸福的旅人。这个年轻人的脸上有一种悲哀并且梦幻似的神情。人们可以在他的表情上看出他内心的思想以及他一生的历史：他好像失去了目标，失去了幸福。他没有获得到人间的爱情。

之后老男爵夫人便看到了费利克斯。费利克斯对她和她的女儿恭恭敬敬地行了个礼。贝儿也按着一般的习惯向她们回礼致敬。寡妇男爵夫人之前在舞台上看到过他，因此一下就认出来了。她和费利克斯说了几句话以后，就和贝儿握手，同时和气地、友善地与他交谈了一会儿：

"我女儿和我都是你的忠实崇拜者！"

这位年轻的小姐在那一瞬间是多么漂亮啊！她几乎是怀着一种激动的心情，用一双明亮、温柔的眼睛在深情的望着他。

"我在我的家里看到过很多极有特色的艺术家，"寡妇男爵夫人说，"我们这些平凡人需要在精神上经常更换空气。我们诚恳地希望你常来！我们这位年轻的外交家，"她指着费利克斯，"将会先把你带到我家里来一次。我希望以后你自己可以认识路！"

她对他微笑了一下表示认可。这位年轻美丽的小姐向他伸出手来，很诚恳和自然，好像他们很早就认识似的。

在一个寒冷和雨雪纷飞的晚上，这两位一同出生在富有商家的屋子里的年轻人到来了。这种天气适合坐车子，而不适合步行。但是这位富有的少爷以及这位舞台上的第一个歌唱家穿着大衣里和套鞋，戴着风帽，但却是步行来的。

从这样一种相当恶劣的天气走进了一个豪华而富于风雅的房子里去，确实是像走进一个童话王国。在前厅里面，在铺着地毯的楼梯前面，种着不同的灌木、花卉和棕榈杂阵，显得鲜艳极了。一个小小的喷泉在朝一个水池里喷着水，水池的四周有一圈高大的水芋。

大厅里被照耀得非常金碧辉煌。绝大部分的客人全都已经在这里集合，它很快就会变得拥挤了。甚至后面人踩着前面人的丝绸花边和后裾，周围是一片响亮而嘈杂的谈话声。那些谈话，从整体来说，与这里的豪华气象极不相称。

假如贝儿是一个虚荣的人物（实际上他不是的）他可以认为这个晚会是专为他而开的，因为这家的女主人和她的那位美丽的容光焕发的女儿是如此热情地在招待他。年老和年轻的绅士淑女们也都在对他表示恭维。

音乐奏响了。一位年轻的作家在那里朗诵他用心写出的一首小诗。人们也唱起歌来，但是人们却考虑得也很周到详细，没有要求我们那位可敬的年轻歌唱家来使这个场合变得更完整。在这个华丽的沙龙里，女主人是格外的殷勤、诚恳和活泼。

这可以算是踏进上流社会的第一步。我们的这位年轻朋友很快成了这个狭小家庭圈子里的少数贵宾的其中之一。

歌唱教师摇了摇头，大笑了一声。

"亲爱的朋友，你是这么年轻啊！"他说，"你竟然为和那些人混在一起而感到快乐！在一定的程度上他们有他们的优点，但是他们看不起我们这些普通人呀。他们邀请艺术家和当代的很多名人进他们圈子里去，其中有的是为了所谓的虚荣，为了所谓的消遣，而有的是为了要去表示他们相当有文化。这些人在他们的沙龙里，也无非是像花朵在花瓶里一样。他们在一段时间内被当作装饰品，然后就无情的被扔掉。"

"这是多么残酷和不公平啊！"贝儿略带愤怒地说，"您不了解那些人，并且您也不愿意去了解他们！"

"那你就错了！"歌唱教师回答说。"我和他们在一起是不会感到高兴的！你也如此！这一点他们都清楚。他们望着你和拍着你，正如他们拍着一匹准备比赛的马儿那样，其目的是希望它能够有能力赢得赌注。你不属于他们那一伙人。当你不再是在风头上方的时候，他们就会选择放弃你的。你还不清楚吗？你还不够非常自豪。你只是知道虚荣，你和这些上流人士混在一起就恰好说明了这一点！"

"如果你认识那位寡妇男爵夫人以及我在这里的几位新朋友，"贝儿说，"您就决不会讲出这样的话以及作出这样的判断来的！"

"我不希望去认识他们！"歌唱教师回答说。

"你打算什么时候宣布已经订婚呢？"费利克斯有一天又问。"对象是女儿呢，还是妈妈？"于是他就开始大笑起来。"不要将女儿拿走吧，因为如果你这样做，所有的年轻贵族都会来反对你，连我都会变成你的敌人——最凶恶的敌人！"

贝儿问："你这话是什么意思？"

"你是她们十分喜欢的人！你可以随时随地进出她们家的大门。妈妈可以让你得到钱，变成一个贵族呀！"

"请你不要和我开这种玩笑吧！"贝儿缓缓地说。"你所讲的话没有一点趣味。"

"那不是趣味问题!"费利克斯强调说。"这是一件非常严肃的事情!因为你决不应该让这位老人家坐在那里长吁短叹,从而变成一个双重寡妇呀!"

"我们不要把话题总扯到男爵夫人身上,好吧,"贝儿说,"请你只去开我的玩笑吧——只是单单去开我的玩笑。我都可以回答你!"

"谁也不会相信,你在这方面只是单从爱情出发的!"费利克斯继续又说。"她已经超出了美的范围之外了!确实,人们不能只是专靠聪明生活的!"

"我相信你有足够的知识和文化,"贝儿说,"从而不至于那样无理地来谈论一位女性,你应该非常尊敬她。你会经常到她家里去。我不想再听这类无理的话语!"

"你打算要怎么办呢?费利克斯问。"你想决斗吗?"

"我知道你以前学过这一手,而我没有学过,但是我一定会学会的!"他于是就离开了费利克斯。

过了一两天之后,这两位出生在同一个房子里的孩子们——一个出生在一楼,另一个出生在顶楼——又碰见了。贝儿和费利克斯讲话的态度好像他们之间从未发生过任何小裂痕似的;后者回答得也非常的客气,但是却很直截了当。

"这是怎么一回事啊?"费利克斯说。"我们两人之间最近有点儿别扭。但是一个人有时需要开点玩笑呀,这并不能就将我认作轻浮!我不希望别人对我怀恨,让我们言归于好吧、忘记一切吧!"

"你能够原谅你自己刚才的态度吗?你怎么可以把我们都应该尊敬的一位夫人给说成那个样子!"

"我是说的实话呀!"费利克斯说。"在上层社会中,人们可以谈论些尖刻的话,但是用意并非是你想的那么坏!这正像诗人们所说的那样,是加在'每天所吃的枯燥乏味的鱼'上的一撮盐。我们大家都有点小恶毒。我亲爱的朋友,你也可以撒下一小撮盐,撒下天真的一小撮儿盐,去刺激刺激一下呀!"

不久之后,人们又看见他们肩并肩地走在一起了。费利克斯知道,过去不只一个年轻貌美的姑娘在他身旁走过而不会看他一眼，但是现在她们可就要非常注意他了，因为他在和"舞台的偶像"走在一起。

舞台的灯光永远会在舞台的主角以及恋人身上围下一道美丽的光圈，哪怕当时他大白天在街上走路的时候，这道光仍然罩在他身上，虽然它通常是熄灭了的。舞台上的艺术家大多时候是像天鹅那样，人们看他们最好是在他们演出的时候，而不是在他们在人行道上又或者散步场上走过的时候。当然也有例外的情形，而我们的年轻朋友就是如此。他下了舞台后的那个风度，决不会扰乱人们在当他表演乔治·布朗、洛亨格林和哈姆雷特时对他也已形成的印象。不少年轻的人心把这种音乐和诗的形象融会成一气，和艺术家本人结合起来，甚至还把他理想化。他了解，他的情形就是这样，而且他还从这种情形中获得某种快感！他对他的艺术以及他所拥有的才华感到特别幸福，但是年轻幸福有时也会带来了一层阴影。于是钢琴上的曲子引出了这样一首歌：

> 一切东西都会消亡——消亡，
> 希望、青春和你的朋友。
> 一切都会像风儿那样奔驰，
> 再也没有一个回来的时候！

"多么凄凉啊！"那位寡妇男爵夫人感慨说，"你真是十二分的幸运！我之前从来没有看见过一个人像你这般幸运！"

"智者索龙以前这样说过，一个人在还没有入坟墓之前不应该称他幸运！"他回答说，他严肃的脸上露出了一丝微笑。"如果我还没有感谢和愉快的心情，那将会是一种错误，甚至是一种罪过。我不是这样。我感谢上天赐给我的东西，但是我对它的评价却是和别人不同。但凡能冲上去、散发出来的焰火，都是异常美丽的！舞台艺术家的工作也是这样地昙花一现。将是永恒不灭的明星，与一闪即逝的流星比起来，总会被人忘记。但是当一颗流星消亡了的时候，除了一项旧的记录以外，它将不会留下任何长久的痕迹。新的一代也不会知道、也无法去想象那些之前在舞台上迷住过他们曾祖父母的人。青年人可以轰轰烈烈地称赞黄铜的光泽，就像老年人曾经一度称赞过真金的光彩那样。雕刻家、诗人、作曲家和画家所处的地位，是要比舞台艺术家好得多，他们虽然在现实生活中遭受到苦难和得不到应有的承认，而对于那些能够及时表演出他们当中的艺术的人却过着由偶像崇拜而产生的豪华和骄傲的生活。让人们崇拜那色彩鲜艳的云块从而忘记太阳吧。但是云块会消亡，而太阳却会永远照着，给新的世世代代带来光明与温暖。"

他在钢琴面前坐下来，即兴创作了一个从来不曾有过的富于力量和思想的曲子。

"真的是美极了！"寡妇男爵夫人打断他说。"我仿佛是听到了一个人整个一生的故事！你把你心里的高歌用合适的音乐表现出来了！"

"我在思考一千零一夜，"那位年轻貌美的小姐说，"在想那盏幸运的神灯，在想阿拉丁呢！"她用她那泪水汪汪、天真的眼睛向自己的前方望去。

"阿拉丁！"他又重复这个词。

这天晚上是他的人生的转折点。毫无疑问地，这是新的一页的开始。

在这流水般一年的岁月里，他究竟遭遇到了一些什么呢？他的脸上好像已经失去了昔日那新鲜的光彩，他的眼睛虽然比以前明亮得多。他常常会有许多夜晚不能睡，但却并不是因为他在狂欢、戏闹和牛饮——像许多有名的艺术家那样。他讲话不太多，但是会比以前更快乐。

"你在默想沉思些什么东西呢？"他的朋友歌唱教师问，"近来你有许多事情都不告诉我了！"

"我在思考我是多么的幸运！"他回答说。"我在想我那个穷苦的孩子！我在想阿拉丁！"

十七

如果说去按照一个穷人的儿子所能盼望得到的东西来衡量一下，贝儿现在所过的生活应该要算是很愉快和幸福的了。他的手头是比较宽裕，正如费利克斯曾经说过的那样，他可以好好地招待他的朋友一番。他在考虑这件事情，他在想他早期的两个朋友——祖母和妈妈。他要特地为她们和自己举行一次招待。

这是一个美丽的春天。他和这两位老人坐到马车上到城外去郊游一次，同时也去看看歌唱教师近来新买的一座小村屋。当他们正准备坐上车子的时候，有一位衣着比较寒酸的、估摸有三十来岁的女人向他们走了过来。她手里还拿着一封由霍夫太太签了名的介绍信。

女人问："你不认识我吗？我就是那个被大家称为'小卷发'的人！现在卷发是没有了。它曾经是那么流行，现在却全都没有了，但是好人依然还在！我们两人曾经同时演出过一个比较成功的芭蕾舞剧。

你的境遇要比我的好很多。你现在已经成了一个伟大的人。而我已经离了两个丈夫，并且现在也不再做舞台工作了！"

介绍信请求他送给她一架缝纫机。

"我们两人之前同时演过哪一个芭蕾舞剧呢？"贝儿好奇地问。

"巴杜亚的暴君，"她回答说。"我们在那里面饰演两个卑微的侍从，我们戴着无边帽，穿着蓝天鹅绒的衣服。你还记得当时那个小小的玛莉·克纳路普吗？在那个队伍行列中，我当时正走在你的后面！"

"而且当时还踢着我的小腿呢！"贝儿微笑着说。

"真的是这样子吗？"她问。"那么我的步子的确是迈得太大了吗。不过你走到我的前面很远！比起我的腿来，你更善长运用你的脑袋！"于是她转过她那忧郁的面孔，十分娇媚地望了他一眼。她非常相信，她的这句恭维话说得非常有风趣。贝儿也是很慷慨的：他答应会送她一架缝纫机。那些曾把他赶出了芭蕾舞的道路、让他能做出更幸运的事业的人之中的一个，小小的玛莉也应该的确算得上是一个非常得力的人。

他非常快地就来到了商人的房子外面，他爬上祖母和妈妈所住的顶楼。那时她们已经穿上了她们所有的最好最美丽的衣服。碰巧霍夫太太正在拜访她们，因此她也被邀请去郊游了。她的心里当时也的确斗争了一下，最后她还写了一个便条送给了霍夫先生，说她接受了他们的邀请。

"贝儿净得到一些很好的恭维！"她埋怨说。

"我们这次出行也相当有排场！"妈妈说，"而且是坐这样一辆舒服和漂亮的车子！"祖母说。

离城不远的御花园的近旁，有一座非常舒适的小房子。它的四周长满了玫瑰和葡萄，果树和榛子。车子就在这儿停了下来，因为这就是那个村屋。一位老太婆出来接待他们。她跟妈妈以及祖母很熟，因为她经常去帮助她们，给她们一些工作。

他们欣赏花园，也看了看周围的屋子。这里有一件非常有趣的东西：一间种满了美丽的花朵的玻璃房。它是和起坐间连在一起建造的。一扇活动门可以一直推进墙里面去。"这倒非常像一个侧面布景！"

霍夫太太说。"人们只要用手一推，它就会不见了，并且坐在这儿就像是坐在雀笼子里一样似的，四周全都是繁缕草。这叫作冬天的花园！"

睡房也有它可爱独特的风格。窗子上还挂着又厚又长的窗帘，在地上只铺着柔软的地毯，除此之外还有两把非常舒服的靠椅，祖母和妈妈觉得非要坐一下不可。

"坐在这个上面，一个人就会变得懒散起来了！"妈妈说。

"一个人会失去体重的！"霍夫太太说。"确实，你们两个搞音乐的人，在舞台上忙碌了那么一天以后，可以在这里舒舒服服地好好休息一下。我也懂得这种滋味！我想，我的腿在梦里仍然在跳得很高，而霍夫的腿在我的身旁也同样会跳得很高。这不是很好玩：'两个人，一条心！'"

"这里的空气十分新鲜。比起顶楼上的那两个小房间来讲，这儿要宽敞得多！"贝儿睁着一对发亮的眼睛在那说。

"真不错！"妈妈说。"但是家里也不算坏呀！我的可爱的孩子，你就是在那里出生的，你的爸爸和我曾在那里居住过！"

"这儿要好得多一些！"祖母说。"这终究是一整幢房子呀。我非常高兴，你和那位难得的绅士——歌唱教师——有这么一个安静的家。"

"祖母，我也为您高兴呀！我亲爱的好妈妈，我也为您高兴呀！我们将永远住在这里。你们不必再像在城里一样，总是爬很高的楼梯，而且住的地方还是那样拥挤，那样狭窄！我会请一个人来帮你们忙，而且会让你们像在城里一样，常常能看见我。你们满意吗？你们高兴吗？"

"这个孩子站在这里，说的是一大堆什么话呀！"妈妈问。

"妈妈，这幢房子，以及这个花园，以及这里的一切，现在全都是你的呀！祖母，这同样也全都是你的呀！我所努力一定要做到的事情，就是希望你们能得到这些东西。我的朋友——那位歌唱教师——曾经热心地帮助我来把这些东西准备好。"

"孩子，我没听懂你这话的意思！"妈妈大声叫出声来。"你打算送给我们一座公馆吗？对吗，亲爱的孩子，只要你有能力做到，你就是会愿意这样办的！"

"我可不是在开玩笑呀！"他认真地说，"这幢房子一直是属于你和祖母的呀！"于是他便亲吻了她们两人一人一下。她们很快就落下了眼泪。霍夫太太的眼泪落得竟不比她们少。

"这将是我生命中最幸福的时间！"贝儿大声喊，同时将他们三个人分别拥抱了一番。

她们现在得把这儿所有的东西去重新再看一次，因为这一切都是属于她们的。现在她们有了那个漂亮的玻璃房，以后她们可以将屋顶上的五、六盆花搬到这里来。她们不再只拥有一个食橱，而是有一个宽大的食物储藏室，甚至连厨房都是一间完整而温暖的房子。灶和烤炉连在一起，而且还有一个大烟囱；妈妈说，这简直是一个又光又大的熨斗的模样。

"现在你们和我一样，也拥有一个炉边的角落，"霍夫太太说。"这儿简直是太完美了！人们在这个世界上一直以来所能希望得到的东西，你们如今都得到了！你，我亲爱的朋友，同样也是一样！"

贝儿说："并不是一切都拥有了！"

"那个美丽的妻子自然会来的！"霍夫太太说。"我已经全都为你准备好了！她是谁，我心中已经有数了！但是我坚决不会把它宣扬出来的！你是个了不起的人啊！你说，这一切不是像演一出芭蕾舞吗？

"她大笑了起来，而且不经意的她的眼睛里流出了眼泪。祖母和妈妈也是一样。

十八

写出一部歌剧的内容和乐谱，自己同时又在舞台上把它演唱出来——这是一件很幸福和伟大不过的工作。我们的年轻朋友有一种和华格纳相同的才能：他自己能够创作出戏剧诗来。但是他可不可以像华格纳一样，有将音乐气质充分的展现出来呢？

失望和勇气在他的心里轮流地交替着，他根本无办法摒除他的这个"固定思想"。很多年以来，它像一个幻象不时显现出来。现在它变成了一件可能的事情——成为了他的生命的目标。钢琴上发出许多自由的幻想，就像从"可能国度"的海岸上飞来的候鸟那样，一概都受欢迎。那些旋律，那些带有特征的春天之歌，暗示着一个尚未被发现的音乐的国度。寡妇男爵夫人以这些东西中也看到了某种预兆，就像哥伦布在没有看到地平线上的陆地之前，看到那些从海浪漂来的绿枝时就已经有了强烈的某种预感那样。

陆地是存在的！幸运的孩子将会达到彼岸。每个吐露出的字都将是一颗思想的种子。她——那个美丽、年轻、天真的女子——已经吐露出了这三个字：阿拉丁。

我们的年轻朋友就是一个像阿拉丁那样子幸运的孩子啊！阿拉丁一直活在他的心里。他怀着愉快和同情的心情，把这首美丽的东方式的诗重复读了上千次。之后不久他就成功取得了戏剧的形式，一幕接着一幕地发展成为音乐和字句。它越发展，音乐的思想就变得越丰富。当快要完成这部诗作的时候，它就像是第一次被凿开了的音乐的水源：一股丰富、新鲜的泉水源源不断地从它里面流了出来。接着他又重新改造他的几个作品。几个月之后，一部新的歌剧，以更有力的形式又出现了：阿拉丁。

谁都不知道这部作品，或者谁也没有听到过任何有关它的一个小节——甚至与他关系最好的那位朋友歌唱教师都没有听过。在剧院里——这位年轻的歌唱家每天晚上用他的卓越的表演和歌声迷住观众——谁也没有想到，这位把整个精神和生命投入他所扮演的角色中的年轻人，还在过一种更为紧张的生活。是的，一连有好几个钟头，他都在聚精会神地完成一件巨制的音乐作品——自他自己的灵魂里流露出来的作品。

歌唱教师在此之前从来没有听到过有关歌剧阿拉丁的任何一个拍子。当它躺在他的桌子上，准备通读的时候，它当时已经是一部充满了歌词和音符的完整作品了。它会得到一个怎样的评语呢？当然是一个公正和严厉的判词。这位年轻的作曲家一会儿怀着美好的希望，不久又觉得这整个的事儿只不过是有一种自欺欺人的梦想。

两天的时间过去了。关于这件重要的事情他们连一个字都没有提，最后，歌唱教师手里拿着他刚刚看见的乐谱站在他的面前。他的脸上带有一种特殊的表情，但这并不足以说明他的想法。

"我确实没有料到竟有这样的东西！"他说。"我不相信这竟会是你写的。是的，我还不能作出一个明确的判断，因此我还不敢发表自己的意见。在乐器组合这方面，偶尔也会有些错误——但是这种错误是很容易纠正过来的。有许多个别的地方也是非常创新和大胆的，人们必须在合适的条件下来听才是对的！正如在华格纳的作品中我们可以看到卡尔·玛利亚·韦伯的影子一样，在你的作品中我们可以看到海顿的痕迹。你的这个新的创造，对我说来还是有一定的距离，但你本人却和我是如此接近，要叫我下一个正确的判断是很困难的。我最好是先不去下判断。先让我来抱抱你吧！"他大声说，满面都是高兴的笑容。"你是怎样写出这部作品来的？"他紧紧地用双臂环抱着他。"真是幸福的人啊！"

通过"闲聊"和报纸，全城马上就传播开一些关于这部新歌剧和这位舞台上有名的年轻歌唱家的传说。

"他只不过是一个寒酸的裁缝罢了，把案板上残余的一些碎料拼凑成一件孩子的衣服罢了！"有些人冷漠地说。

"这是由他自写、自编、自唱的！"另外也有些人说。"他是一个连上三层楼高的天才！而他的出身则更高——他是在顶楼上那里出生的！"

"这里面还有一段双簧：歌唱教师和他！"人们又说。"现在他们要敲起一唱一和以及彼此吹捧的鼓号了。"

歌剧现在正被大家研读着。一切有表演其角色的人都不发表任何意见。"我们不能让人们说，这些判断是从剧院发出来的！"他们说。他们的面孔都十分严肃，没有表示出一点期望。

"这个作品里的喇叭实在太多！"一位自己也作曲的青年喇叭手说。"他希望自己不要让喇叭顶进他的腰里面去！"

"它表示出天才；它写得很棒，具有美好的性格和旋律！"也有人这样子说。

"在明天这个时候，绞架就会搭起来了，"贝儿接着说。"判词没准是已经决定了!"

"有的人说这是一部佳作!"歌唱教师又说。"另外有些人说,这是一部西拼东凑的东西!"

"真理究竟在什么地方呢?"

"真理!"歌唱教师问,"是的,麻烦请告诉我吧!请抬头看上面的那颗星吧!请明确地把它的位置指给我吧!请闭起你的一只眼睛!你能看到它吗?请你现在只用另一只眼睛再去看它!你会发现星星已经改变了它原有的位置。同一个人的不同的眼睛对事物的看法也有很大的差别,许多人的看法难道会没有差别吗?"

"不管结果如何,"我们的年轻朋友继续说,"我必须要清楚知道我在这个世界上的确切位置,我必须认识到我得完成什么,我得放弃什么。"

夜幕降临了,决定之夜也降临了。

一个有名的艺术家将会达到更高的地位,又或者在这次巨大而又徒劳的努力中受到了屈辱。失败或成功!这是全城的一个最大事件。人们在街上整夜站在售票房的门口,只为能够想得到一个好座位。剧院被挤得满满的。女士们还带来大把的花束,她们又会将这些花束带回家里去呢,还是会把它抛向胜利者的脚下呢?

寡妇男爵夫人和她貌美的年轻女儿坐在乐队上方的那个包厢里。观众中有一种低语,有一种不安,甚至还有一种骚动。但是当乐队指挥准备就位的时候,序曲开始奏响起来的时候,这一切就全都停止了。

看谁不记得亨塞尔的那首音乐"Sil'oiseauj'etais"呢?它奏出来真像欢快的鸟鸣。这里现在也有类似的场景:高兴的、玩耍着的孩子,混杂不清的、愉快的孩子声音;杜鹃和他们一起唱歌附和;画眉也在对鸣。那是天真无邪的孩子们在玩耍与欢乐——阿拉丁的心情。接着大雷雨袭卷而来,这时努勒丁就使出了他的威力:突然一道致命的闪电打了下来,把一座山劈成了两半。于是一片诱惑、温柔人的声音飘了出来——这是从魔窟里发出的一个响声:化石般的洞口里亮燃着一盏明灯,在上空响着精灵厉害的拍翅声。这时弯管乐号奏出了一首圣诗;它是那么柔和、温存,仿佛它是从一个孩子嘴里唱出来似的。开始是一管单号在伴奏,接着又有另外一管响起来,最后就有许多管一起合奏起来了。它们在相同的调子中融会成一片，之后渐渐地扩展到有力而丰满的程度，就像是最后审判日的号角那样。神灯已经在阿拉丁的手里了！一股强壮美丽的旋律涌现了起来。只有精灵的首领们以及音乐的巨匠才能够发出这般的声音。

在疯狂的掌声中，帷幕慢慢地开启了。整个乐队指挥在指挥棒的指挥下，这掌声就像是号角齐鸣的进行曲。一个早熟的、英俊的男孩子在那里演唱。他长得非常高大，但看起来又是那样天真。他就是阿拉丁，在一些其他别的孩子中跳跃。祖母一定会立刻就说："这位就是贝儿。这简直和他在家里、在顶楼上、以及在炉子和衣柜之间的跳跃没有任何分别。再来看看他的心情，他连一岁都没有长大！"

在他走下石洞去拿那盏神灯之前，努勒丁命令他要先诚恳的祈祷。他是用很大的热忱和信心念出那段祈祷文啊！他的歌声把所有的观众都迷住了。这是因为他具有虔诚纯洁的旋律，他才能够唱出这样动听的歌呢，还是因为他具有白璧无瑕的那种天真？欢呼声简直不曾休止。

把这首歌重唱一次可以说是一种对其亵渎的行为。大家要求再听这首歌，可是却没有得到反应。幕慢慢落下来了，第一幕结束了。

所有的批评家都惊喜得目瞪口呆。大家都怀着一种快乐的心情，期待进一步的享受和欣赏。

乐池里飘出了几句音乐，于是幕开启了。音乐的旋律，就像格鲁克的亚尔米达以及莫扎特的魔笛那样，把每一个人都深深地吸引住了。阿拉丁站在那个奇异花园里的场面展开了。一种低微、柔和的音乐从石头和花朵里飘出来，从深峡和泉水里飘出来。各种不同的旋律融会在一起，形成了一个声势浩大的和声。在合唱中，人们可以听到精灵在飞行。这声音忽远忽近，慢慢地扩展到了极高的限度，然后又忽然消逝。阿拉丁的独唱之歌，被这些和谐的曲调衬托着，慢慢地升了上来。它就是人们所谓的那种伟大的抒情诗，但它与人物和场面是配合得那么默契，它成了整个歌剧不可或缺的一部分。这种洪亮、引起共鸣的歌声，这种从心底发出的、热情的音乐，令大家鸦雀无声，陷入了狂热的境地。当他在众精灵的歌声中伸出了手取到了那盏幸运的神灯的时刻，这种热忱瞬间高涨到了不能再高的地步。

花朵如雨点般从各方向抛来。他的面前便展开了一块由鲜花铺成的地毯。

对于这位年轻的艺术家来说，这是他生命中多么崇高、多么伟大的一个时刻啊！他认为，比这还伟大的一个时刻应该永远不会再来了。一个完全由月桂花所编成的花环便碰着他的前胸，然后又滚落下来，落在他的脚边。他已经完全看见了这是从谁的手中抛出来的。他看到坐在离舞台最近的那个包厢里面的那个年轻女子——那位年轻的女男爵。她缓慢地站起来，像一位代表"美"的精灵，在为他的胜利而庆祝欢呼雀跃。

一把火透过了他的全身上下，他的心在不断的膨胀——这是从来都没有过的一种现象。他弯下腰来，拾起这个花环，把它按在自己的心上。与此同时，他向后倒下去了。昏了过去吗？他是死了吗？这是怎么了？幕又落下来了。

"死了！"出来一个回音。在胜利的欢快中死了，就像索福克里斯在奥林比亚竞技的时候似的，像多瓦尔生在剧院里去听贝多芬所弹奏的交响乐的时候似的。他身体里的一根动脉管爆炸了，如闪电般，他在这儿的日子便结束了——在人间的欢乐当中，在完成了他对人间的任务之后，没有丝毫苦痛地这样结束了。他要比那些成千上万的人都要幸运的多！